예민한 ___  ___ 나에게
**공황이 찾아왔습니다**

# 예민한 ⌁ 나에게
# 공황이 찾아왔습니다

정예안 지음

유노
북스

# 예민한 내가
# 불안하지 않도록
# 나를 돌보고 있다

예민한 사람은 두 부류가 있다. 예민함이 바깥을 향하는 사람과 안을 향하는 사람. 예민한 시선으로 세상을 바라보는 사람은 많은 걸 관찰하고 환경을 변화시킨다.

나도 타고난 반골 기질로 불합리에 반발하며 목소리를 냈다. 하지만 내 예민함은 주로 내부를 향했다. 내부적 예민함은 외부 환경 변화에 민감하다. 예민함 하면 떠오르는 뾰족함, 흔히 말하는 '예민한 사람'의 이미지가 여기에 해당한다. 나는 뾰족한 가시가 내면 곳곳을 찔러 자주 아팠다.

어릴 때부터 예민했다. 사생 대회를 앞두고 배가 아프곤 했다. 병원에 갔더니 신경성 복통이라고 했다. 아랫배는 아침마다 아팠고 중요한 일이 있을 때마다 아팠다. 위는 늘 움직이지 않아 명치가 딱딱했다.

내과 의원, 한의원 가릴 것 없이 이곳저곳을 다녔고, 유명한 병원도 찾아다녔다. 몸에 이상은 없었다. 스트레스 지수가 높고 심기가 약할 뿐이라고 했다. 병원에서는 늘 같은 말을 했다.

"스트레스받지 말고 마음 편히 가지세요."

나이 들면 아무것도 아니라는 어른들의 말과 달리, 어른이 되어도 신경은 더욱 예민해져 내면 구석구석을 찔렀다.

빛과 소음을 견디지 못해, 집에서 선글라스를 쓰기도 하고 귀마개를 끼기도 했다. 사람이 북적거리는 곳에는 발을 들이지 않기도 했다. 걱정과 불안으로 생각에 파묻혀 잠을 못 잤고, 감정이 동화되고 소모되는 게 싫어 타인과의 관계를 끊는 일도 빈번했다. 사소한 것 하나하나가 신경 쓰였다. 아니, 거슬렸다는 표현이 맞는 것 같다.

과민 대장 증후군과 신경성 위염이 있은 지는 오래되었는데, 비교적 최근에 역류성 식도염이 만성으로 자리 잡았다. 과식을 하지도, 야식을 먹지도, 자극적인 걸 많이 먹지도 않는데 소화 기관이 제 기능을 하지 못한다. 오로지 심적인 문제, 그것 하나다. 그리고 공황이 나타났다.

공황장애라고는 미처 생각하지 못했다. 공황장애는 정신과 질환이지만, 내 증상은 신체적이었다.

명치가 답답하고, 목이 졸리고, 숨이 가쁘고, 온몸이 저릿하고 아픈 게, 스트레스와 예민함 때문이라고 생각했다. 소화제와 위장관 운동약, 근육 이완제와 진통제를 먹었다.

버스가 무서워졌다. 버스를 타면, 뛰어 내리고 싶었고 죽을 것 같았다. 지하철도, 백화점도, 카페도, 영화관도 마찬가지였다.

내가 이상한 걸 다른 사람들이 알아차릴까 봐 두려웠다. 유일하게 쉴 수 있던 내 방마저도 숨 쉬기 힘든 곳이 되었을 때, 내 증상이 병이란 걸 깨달았다.


사람들에게 불안을 토로하면 내가 예민한 탓이라고 했다. 좀 무뎌지라고 했다. 예민한 내 탓. 진절머리가 날 정도로 몇 년째 듣는 그 말. 그래서 글을 썼다. 혼자 앓으면 곪는 것 같았고, 어딘가에 토로하고 싶었다. 증상과 생각, 감정을 온전히 털어놓았다.

무거움을 써 내려갈수록 비워지고 담담해져, 마침표를 찍었을 때 가벼워질 수 있었다. 그 누구보다 나를 이해하는 나와의 대화였고, 자기 치유의 과정이었으며, 마음을 잡는 다짐이었다.

***

공황장애를 앓았다. 앓았었다고 해야 할까, 앓고 있다고 해야 할까? 치료를 끝낸 지는 1년이 넘었다. 완치가 된 건 아니다. 공황은 단시간에 죽음의 문턱을 체험하게 하곤, 트라우마가 되어 불쑥불쑥 찾아온다. 내가 비상약을 들고 다니는 이유다. 치료가 되지 않은 건 아니다. 병을 이해하고 나니 유연하게 대처할 수 있게 되었다. 적응하고 공존하며 살아가고 있다.

최근에 직종을 바꿔 매일 아침 버스를 타고 출근하게 되었다. 바뀐 환경에 예민해진 내가 불안해지지 않도록, 정신을 다잡을 수 있도록 나를 돌보고 있다. 아침에 일어나면 차를 마시고 향을 피우며 잠깐의 명상 시간을 갖는다.

빨리 나이가 들고 싶다고 생각한 적이 있다. 나이가 들면 안정적일 것 같았다. 그러며 생각했다. 안정적이라는 건 환경이 나아진 걸까, 내가 무뎌진 걸까. 아마도 둘 다인 것 같다. 나는 내일도 내가 평안할 수 있는 환경을 만들고자 노력할 것이고, 적응하며 점차 나아질 것이다. 이 글을 보고 있을 또 다른 '나'도 '나'와 함께 무디게 나아갔으면 좋겠다.

· 목차 ·

# 4부.
# 혼자서는 힘들어요, 도와줘요

# 5부.
# 작은 불안쯤은 익숙해져 갔다

# 6부.

## 불안을 다스릴
## 준비가 된 것 같다

# 7부.

## 숨을 고르고
## 예민한 나를 받아들이다

# 1부

# 어느 날 갑자기
# 내게 찾아온 것들

—

## 어느 날 갑자기
## 불안이 찾아왔다

'쿵, 쿵' 심장이 크게 뛰었다. 크고 무거운 볼링공이 탱 탱볼이 된 것처럼 둔탁하고 빠르게 굴러갔다. 심장 소리가 빨라서일 까? 주변의 모든 소리도 발맞췄다.

'쿵, 쿵, 쿵, 쿵' 속도를 더해 갔다. 노랫소리와 백색 소음, 내 생각과 행동, 공기의 흐름까지 모두 빨리 감기가 된 것 같았다.

손끝이 차가워졌다. 피부의 표면은 잔뜩 긴장해 굳어 버렸고, 신경 이 삐죽삐죽 날을 세웠다. 오한이 들었다. 기분이 이상해 주위를 둘러 보면, 다를 것 하나 없는 공간이 우주를 떠다니는 것 같았다.

물속에 잠긴 듯 귀가 먹먹했다. 현실이 아득해졌다. 심장이 터질 것 처럼 두근거렸다. 숨이 막혔다.

죽을 것 같았다. 적어도 미쳐 버릴 것만은 확실했다. 갑자기 찾아온 거대한 공포에 질식할 것 같았다.

대학교 3학년, 6년 전 봄이었다. 미대는 과제의 연속이었으므로, 나는 늘 새벽 다섯 시까지 깨어 있었다. 스티로폼에 양모 펠트를 바늘로 쿡쿡 찌르던 중이었다.

바늘 끝을 나를 향해 두고 싶었다. 모호한 감각 사이에서 어쩌지 못하는 나를 정신 차리게 하고 싶었던 거다.

박이에게 전화해 울먹이며 말했다.

"나 갑자기 이상해. 심장이 미친 듯이 뛰고, 무서워. 죽을 것 같아. 너무 불안해."

박이는 내가 잠을 못 자서 그럴 거라며, 쉬고 나면 괜찮을 거라고 다독여 줬다. 차분한 목소리를 들으니 날뛰던 신경이 가라앉았다. 심장은 안정을 되찾았고, 낯선 공간은 다시 내 보금자리로 돌아왔다.

처음 겪는 느낌이었다.

이유도 맥락도 없이 거대한 불안이 덮쳐 오는 건, 평소 신경이 날카로워졌을 때도 느껴 본 적이 없었다. 나는 내가 이상하다고 생각했다. 어딘가 고장이 난 것 같았다.

증상은 반복됐다. 내가 약해지는 때를 알고 있다는 듯, 이상한 느낌은 집에 혼자 있는 밤과 새벽 사이에 찾아왔다.

네 평 남짓한 자취방은 거대하게 팽창해 나를 잡아먹을 듯 이글거렸다. 나는 한없이 작아져 바닥에 납작 눌어붙어야 했다.

증상은 낮으로도 이어졌다. 날이 밝고 사람들이 있어도 상관하지 않았다. 나는 다른 생각을 할 수 없었다.

'또 그러면 어떡하지?'

'수업 시간에 그러면 어떡하지?'

'도대체 왜 이러는 거야?'

신경을 쓰지 않으려 할수록 신경이 써지고, 생각하지 않으려 할수록 모든 시선을 빼앗겼다.


최소 학점만 남겨 두고 학기를 중도 포기했다. 지금은 그 증상이 공황발작이라는 걸 알고 있지만, 그때는 지치고 피곤해서 생긴 일시적 증상이라고 여겼다.

—

## 내가 싫어
## 숨고 싶은 마음들

현이에게서 만나자는 연락이 왔다. 2년만이었다. 대학에서 같은 과를 전공한 우리는, 내가 휴학을 하고 졸업 시기가 달라지면서 자연스레 멀어졌었다. 누군가에게 선뜻 연락하지 못하는 나를 안다는 듯 현이는 먼저 안부를 물었다. 내 졸업 전시회에는 꽃을, 졸업식에는 초콜릿을 들고 나타났다.

우리는 강남과 신논현 사이의 한 카페에서 만났다. 꽃이 그려진 파란 원피스를 입은 현이가 나를 반겼다. 오랜만에 만난 얼굴이 해사하게 피어 있었다. 취업을 했단다.

현이는 그동안 연락하지 못한 이유를 털어놓았다. 다른 친구들은 번

듯하게 일을 하는데 혼자만 계속 취업 준비를 하는 게 못나 보여, 집에만 있었다고 했다.

그 마음을 이해할 수 있었다. 공황장애를 앓으며 누구보다 내 자신이 못났고, 싫었고, 숨고 싶었기 때문이다.


자취를 하던 나는, 학교 기숙사에 있던 현이와 매일같이 만났었다. 과제를 위해 24시 카페에 가서 커피를 마시고, 허니 브레드를 먹고, 다시 커피를 마셨다. 노트북 앞에 앉아 다크서클이 턱 밑까지 내려온 채 테이블에 이마를 떨궜고, 동이 트면 짐을 챙겨 해장국을 먹으러 갔다.


3학년 봄, 그림을 그려야겠다고 생각했다. 내게 찾아오는 이상한 느낌이, 하기 싫은 일에서 오는 스트레스 때문이라고 여겼다. 그림이 좋아 미대에 갔지만 회화과가 아닌 공예과였기에 그림 그릴 일이 없었고, 갈증을 느꼈던 것 같다. 친구들에게 말했다.

"전공이 싫어, 그림 그리는 일을 하고 싶어."

반응은 현실적이었다.

"배운 게 아깝지 않냐."

"취업하려면 한 살이라도 어린 게 좋으니 같이 졸업이나 하자."

"그림 그려서 뭐 먹고 살래?"

막연히 내 편을 들어줄 거라 생각했는데, 그게 현실이었나 보다.

현이를 불러 같이 술을 마셨다. 막창 집에 가서 주거니 받거니 네 병을 비우고, 자주 가는 술집에서 2차로 맥주를 마셨다.

"나, 그림 그리고 싶어. 근데 그게 현실과 동떨어진 걸까? 다들 취업이나 하라네."

이해가 안 된다는 얼굴이었다. 현이는 좋아하는 일에 주저함이 없었다. 음악이 좋아 밴드 활동을 했고, 옷이 좋아 의상디자인과 수업을 들었다. 다른 사람들이 "너 그거 왜 해?" 하고 물으면, 질문이 이상하다는 듯 "내가 좋아하는 거니까" 하고 답했다.

현이는 내가 원하는 답을 줄 것 같았다.

"다른 사람 신경 쓰지 말고 네가 하고 싶은 걸 해. 지금이 아니면 언제 하겠어."

현이는 내가 원하는 말을 해 줬고, 나는 곧장 화실에 예약 문자를 보냈다. 그리고 취해 잠들었다.


다시 만난 현이가 말했다.

"여전히 그림 그리는 거 멋있다."

나는 네 덕이라며 실실 웃었다. 그리곤 먼저 연락해 자신의 못났던 모습을 고백한 현이에게 말했다.

"나도 그동안 집에만 있었어. 공황장애가 생겨 아무도 만날 수 없었거든. 그래서 너랑 애들한테 연락하지 못했던 거야."

현이는 잠시 놀랐다가 괜찮냐고 재차 확인했다. 이제 괜찮다는 내 말에 다행이라며 안도했다. 현이는 내가 휴학을 하고 외로웠단다. 나도 복학을 하고 같은 외로움을 느꼈다.

말을 하지 않아 몰랐을 뿐, 우리는 여러 해 동안 비슷한 감정을 갖고 있었다. 아무렇지 않게 공유한 현이와 나는, 서로의 공백을 채우기 위해 열심히 만날 걸 약속했다.

—

## 예민한 마음에
## 북받친 감정들

　한 달만에 화실을 그만뒀다. 비용이 부담돼 서울시에서 지원하는 작은 화실에 갔는데, 그림보다는 취미와 친목 위주였다. 그림을 그리려 애썼으나 잘 되지 않았다.

　분위기 때문이 아니라, 늘 꿈꿔 온 유화가 나와는 맞지 않았다.

　유화는 물감을 얹듯 칠해야 하는데, 수채화에 익숙한 나는 터치를 쌓듯 붓질했고 곧 앞선 물감을 죄다 벗겨 내 버렸다. 기름통에 붓을 담궈 캔버스를 번들거리는 기름장으로 만들기도 했다.

　최저 학점만 들은 나는 계절 학기를 신청했다. 미술치료 수업이었다. 한 시간 반은 이론, 나머지 한 시간 반은 조별로 모여 그림을 그리고 얘기했다. 마치 집단 상담처럼.

팀별 활동의 첫 주제는 '나를 편안하게 하는 색으로 평안을 주는 공간 그리기'였다. 교수님은 잔잔한 피아노곡을 틀었다. 나는 회색 크레파스로 내 방 모서리에 있는 침대와 이불, 베개를 그렸다.

회색은 어느 곳에도 속하지 않고, 무엇도 담고 있지 않다. 그래서 끌렸다. 내 불안을 무(無)의 상태로 만들어 줄 것 같았다.

음악 때문일까? 울컥, 감정이 치밀어 올랐다. 무슨 대단한 그림을 그리는 것도, 사연이 있는 것도 아니었다.

팀원들의 그림은 초록빛 풀과 나무가 있는 숲이었고, 파란 하늘과 바다였다. 이상했다, 초록과 파랑 그리고 밝이 평안이라고?

팀원들은 내 그림을 보며 이불과 베개에 공감한다고 말했다.

다만, 전부 회색으로 칠해져 있어 평안을 주기보다는 우울해 보인다고 했다.

그때 학생들의 그림을 살피던 교수님이 내 뒤에서 멈춰 섰다.

"요즘 지치고 힘든 일이 많은가요?"

내게 물었고 나는 말없이 고개를 끄덕였다. 항상 생각했다, 지쳤다고. 사람들과의 관계에서도, 학업에 있어서도, 미래에 대한 고민에 있어서도. 내 속을 들킨 것 같아 고개가 숙여졌다.

교수님은 내 어깨를 토닥이며, 휴식과 안정을 원하는 사람들이 이런 그림을 그린다고 말했다.

팀원들은 내게 쉬고 싶냐고 물었고, 나는 끓어오르는 감정을 누르며 그렇다고 답했다. 그리고 덧붙였다.

"집에 가고 싶어요."

아침부터 이유 모를 초조와 불안이 온몸을 타고 흘렀다. 춥고 가슴이 답답해, 숨 쉬는 게 버거웠다. 신경이 곤두섰다.

나는 수업 시간 내내 들숨과 날숨을 의식적으로 조절했다.

그제야 울컥한 이유를 깨달았다. 나는 불안한 현재를 안정시킬 수 있는 걸 찾고 있었다.

베개를 품 안 가득 안고 싶었고 이불 속에 파묻히고 싶었다.

많은 사람이 한 공간에 있고 여러 개의 눈이 나를 보는 곳이 아닌, 혼자 있을 수 있는 내 방의 가장 안쪽 말이다.

구석에 맞닿은 곳으로 도망가고 싶었다.

—

## 아무도 내게
## 기대지 않게 된 기분

"프사 되게 너 같다, '기대지 마시오' 문구까지."

박이가 내 카톡 프로필 사진을 보고 말했다. 미술관에 갔다가 찍은 사진이었다. 보라색 조명을 받은 유리 벽에 내 모습이 비쳤는데, 이렇게 쓰여 있었다.

'기대지 마시오.'

한참 생각했다. '내가 이런 이미지였구나, 이렇게 느껴졌구나.'

맞는 말이었다. 누군가 내게 기대는 게 싫다. 나 역시 누군가에게 기대고 싶지 않다. 삭막할지라도 각자의 영역 안에서 선을 지키며 사는 게 좋다. 그게 감정 노동을 하지 않는 방법 아닌가?

밤 열한 시면 소연이에게서 전화가 왔다. 소연이는 대학교 인성교육에서 만난 친구다. 우리 학교는 1학년 때 3주간 합숙을 하면서 나와 너 그리고 우리에 대해 배운다. 낯을 가리는 나는, 합숙이 끝날 때 즈음에야 동기들과 가까워질 수 있었다. 그때 소연이와 유독 친해졌다.

우리는 금요일마다 서울 이곳저곳을 누볐다. 미팅과 축제도 함께했다. 먹고 마셨다. 얼굴이 빨개진 소연이가 화장실에 다녀왔다. 붉은 끼가 가셨다. 본인 입으로 자신이 토마토란다. 토하고 마시고 토하는, 토마토. 늘 유쾌했다.

소연이가 휴학을 했다. 약사 시험 준비를 한단다. 우리는 각자의 일을 했다. 나는 자취방에 앉아서 과제를 했고, 소연이는 학원에 다녔다. 그러다가 전화가 왔다.

열한 시, 소연이가 학원을 끝마치는 시간이었다.

반가웠다. 그동안 시험 준비에 방해가 될까 봐 연락을 하지 못했었다. 한참을 떠들었다. 주로 소연이가 얘기하고 나는 들었다.

시험 준비는 어떻고, 학원 친구들은 어땠고. 매번 똑같은 내 학교 얘기야 별 재미가 없을 테니, 주로 내가 들어 줬다.

한 시간이 지나고 소연이가 집에 도착해서야 전화를 끊었다.

일주일 뒤에도 전화가 왔다. 소연이가 힘든 걸 얘기했다. 나는 들어 줬다. 시험 준비는 여간 힘든 게 아닐 테니까, 아침부터 밤까지 강의를 듣고 자습하는 답답한 일상일 테니까.

다시 일주일 뒤 열한 시, 소연이었다. 나는 얼굴도 모르는 사람들의 이름과 성별, 사는 곳, 학교, 말투까지 알게 되었다. 나도 얘기를 하고 싶었다. 힘들다고, 내 얘기 좀 들어 달라고. 끼어들 틈이 없었다.

같은 시간, 핸드폰이 진동하고 액정 위로 여지없이 소연이의 이름이 보였다. 받지 않았다. 한참을 울리던 전화가 끊겼다.

일주일 뒤, 다시 전화가 왔지만 받지 않았다. 그 후로 전화가 오지 않았다. 받지 않는 나의 안부를 물어보는 연락은 없었다.

이렇게 쉬운 관계였나, 나만 끊으면 끊길 사이였나.


나는 묻기보다 기다리는 사람이었다. 굳이 왜 그러냐고 물어 혹여라도 상처를 건드리고 싶지 않았다. 어쩌면 피곤해서 하는 변명일 수도 있다.


고등학생 때 친구에게 편지를 받았다.

'점심시간에 나 기분 안 좋은 거 봤을 텐데, 왜 아무것도 물어보지 않았어? 나는 가끔 서운해. 너는 친구가 많은데 나는 그렇지 않아. 너를 뺏기는 기분이 들기도 하고, 나한테 관심이 없는 것 같기도 해.'

당황했다. 기분이 안 좋아 보여 말을 걸지 않았었다. 때가 되면 얘기하겠지 생각했었다.

그 후부터 먼저 물어봤다. 사람들을 관찰했고 관심을 표했다. 그들이 바라는 대답을 해 줬고, 원하는 걸 물었다. 나와의 관계에 집착하는 사람들이 생겨났다.

대학교 친구들이 그랬다. 그때는 모두가 어려서 속이 훤히 보였다. 그래서 원하는 말과 행동을 취했다. 그럴수록 나는 듣기만 했다.

'어디야?'

'왜 전화 안 받아?'

'야, 왜 카톡 씹어.'

카톡을 씹으면 전화와 문자, SNS 메시지가 왔다. 나는 핸드폰을 잃어버렸다고 거짓말하곤 했다.


관계에 대해 생각했다. 이게 동등한 걸까. 나는 감정의 쓰레기통이 아닐까. 그들에게 다 맞춰 준 내가 잘못한 걸까.

사람들이 내게 기대는 것도, 모든 걸 털어놓는 것도 싫었다. 나는 벽을 견고히 다졌다. 들어오지 못하도록 문을 없애 버렸다. 관계를 끊은 것이다.

그래서일까, '기대지 마시오'라는 말이 나와 같다고 느껴진 걸까.

기대지 말라는 얘기는 나 역시 기대지 않겠다는 뜻이다. 벽을 쌓고 문을 없애 스스로 고립된 상태. 그건 내가 원했던 것이기도 한데, 나는 박이의 말을 듣고 쓸쓸해졌다.

'기대지 마시오.'

이제 친구들은 내게 기대지 않을 것이다.

그리고 나도 기댈 사람이 없어졌다.

—

## 집에 있었지만
## 집에 가고 싶었다

집이 울었다. 겨울, 안과 밖의 온도 차이로 창문에 물이 맺혀 흘렀다. 손으로 주욱 긋자 손가락이 한껏 젖었다. 무거운 현관문에도 물이 송골송골 맺혔다. 부실한 옷장의 나사가 하나둘 빠져, 열고 닫을 수 없게 되었다. 샤워기가 잘못 놓인 화장실 문은 녹슬어 나를 자주 간히게 했다.

해가 들지 않는 방은 차갑고 눅눅했다. 친구에게 받은 어항 속 어린 물고기들은 수면 위로 배를 내밀었다. 냉동고는 뾰족한 얼음이 두껍게 쌓였고, 본가에서 가져온 음식은 방치된 채 하얀 곰팡이가 일었다.

자취를 했다. 기숙사의 단체 생활을 견디지 못했고, 통학을 하기에는 고속버스와 지하철, 통학 버스를 타는 강행군이었다.

대학교 근처의 원룸을 구하러 다녔다. 서울 끝자락임에도 경기 남부에 위치한 우리 집과는 가격이 달라도 너무 달랐다.

1층의 여섯 평짜리 집을 봤다. 전세가 6,500만 원이었다. 아빠는 층이 낮고 햇빛이 들지 않는다며 못마땅해했다. 다음 집에 갔다. 4층에 있는 여덟 평짜리 집이었다. 넓었고 해가 잘 들어 우리 모두 마음에 들어 했다. 하지만 전세가 8,000만 원이었다. 다음 집으로 향했다.

네 평이었다. 작은 평수에 싱크대며 책상과 옷장, 화장실까지 다 있었다. 2층이었고 창문을 열면 옆 건물의 빨간 벽돌이 손에 닿을 듯했다. 낮인데도 형광등을 켜지 않으면 어둑하니 캄캄했다. 엄마 아빠의 눈에 들어올 리 없었다.

그렇지만 네 평인 덕분에 전세가 4,000만 원이었다. 그보다 좋은 조건은 없을 듯했다, 그보다 작은 집도 없을 것 같았다. 나는 이곳이 신축이라 깔끔하고 학교와 가까워 걸어 다닐 수 있으니, 이 집에서 살겠다고 말했다.

내 물건을 들여놓았다. 하나씩 채워질수록 혼자 산다는 게 실감 났다. 집을 떠난 첫 독립이었다. 엄마 아빠는 밥 잘 챙겨 먹으라며 현관문에서 인사를 고했다. 뱃속이 울렁거렸다.

첫 1년은 잘 지냈다. 작더라도 처음 갖는 온전한 내 공간이 좋았다. 그림엽서를 벽에 붙여 꾸미기도 했고, 무드 등을 사서 머리맡에 두기도 했다. 밤이 되면 영화를 보며 맥주를 마셨고, 친구들이 오가며 자고 가기도 했다. 즐거웠다, 딱 1년이었다.

집은 유통 기한이 있는 듯 하나씩 망가져 갔다. 책장 나사, 형광등, 옷장 손잡이, 화장실 문고리와 선반. 내가 충분히 고칠 수 있음에도 하지 않았다. 이상한 느낌과 불안감에 구석진 이불 속에서 아무것도 할 수 없었다.

친구가 키우는 물고기가 새끼를 낳았다며 내게 분양해 줬다. 테이크아웃 잔에 어린 물고기 열 마리를 담아 왔다. 구피라고 했다. 세상에 나온 지 얼마 되지 않은 구피는 투명한 회색빛 몸통에 눈만 덩그러니 붙은 멸치 같았다.

어항과 자갈, 수초를 사서 꾸몄다. 구피들은 자갈에서 쉬기도, 수초에 숨기도 했다. 그리고 한 마리씩 죽었다. 물을 갈아 줘도, 밥을 줘도, 말을 걸고, 음악을 틀어 줘도 소용없었다. 나 하나도 버거우면서 왜 물고기를 데려 왔을까 싶었다. 집이 망가지듯 어항 속 세상도 망가졌다.

내가 할 수 있는 일이라곤, 수면 위로 떠오른 물고기를 건져 내고 창문에 맺힌 물을 닦는 간단한 일뿐이었다. 물고기를 건져 내면 다음 날 다른 물고기가 떠올랐다. 모두 죽었고, 창문은 닦아 내도 계속 울었다. 집에 있었지만, 집에 가고 싶었다.

—

## 무뎌진 동그라미가
## 될 수 있을까

대학교 3학년을 마치고 휴학했다. 친구들이 말렸다. 같이 졸업하자고 했다. 나는 전공이 아닌 그림 그리는 일을 하고 싶었다. 그대로 졸업했다간 마음에도 없는 전공으로 아무 회사에 취직할게 분명했다.

몸과 마음을 재정비할 시간이 필요하기도 했다. 내게 찾아오는 불안이 스트레스와 피로에서 나오는 거라 여겼기 때문이다.

본가에 내려왔다. 시내에서 집에 가기 위해 버스를 탔다. 많은 사람이 탄 버스는 발 디딜 틈 없었다. 이상한 불안감이 덮쳐 왔다. 창문을 열고 버스에서 뛰어내리고 싶은 강한 충동에 휩싸였다.

온몸이 으슬으슬 떨렸다. 버스가 작아져 나를 옭아매는 것 같았다. 비명을 지르고 싶었다. 버스 안에 있는 사람들이 내 불안을 눈치 챌까 봐 겁났다.

집에 도착하기까지 5분도 채 남겨놓지 않고 버스에서 도망치듯 내렸다. 차가운 공기를 마시고 나자, 언제 그랬냐는 듯 편안해졌다.

평소에도 쉽게 불안감을 느꼈다.

시험을 앞두고 긴장감에 파리해졌고, 미래에 대한 걱정으로 잠을 이루지 못했다. 불확실한 현재에 하루하루 피가 마르기도 했다.

그렇지만 이 이상한 불안감은 그것과 달랐다, 공포스러웠다.

집에 도착해서 엄마에게 말했다.

"버스를 타고 오다가 기분이 이상했어. 불안하고 숨이 가쁜 거 있지. 갑자기 너무 무섭고 답답해져서 가만히 있을 수 없었어. 버스에서 내려 집까지 걸어왔어. 예전부터 생각했는데, 있잖아 나 조금 이상한 것 같아. 정신과에 한번 가 보면 어떨까?"

질린다는 눈빛이 돌아왔다. 그럴 만도 했다. 나는 늘 '배 아파', '긴장돼', '불안해' 같은 말을 달고 살았으니 말이다.

"너 그거, 네가 예민하고 약해서 그래. 밖에 나가서 운동도 좀 하고 그래."

대답은 고스란히 상처가 되었다. 자주 듣는 말이었지만, 처음으로 용기 내 병원에 가고 싶다는 말을 한 후였다. '그래, 결국 내 탓이구나' 하고, 다시는 이런 이야기를 하지 않겠다고 다짐했다.

어릴 때부터 유난스러웠다. 열두 살, 배가 아파 한의원을 찾았을 때 선생님은 스트레스와 신경과민이라고 말했다. 사생 대회를 앞두고 학원에서 그림 연습을 하던 즈음이었다.

이후로 중요한 일을 앞두거나 신경이 예민해질 때면 배가 아픈 게 일상이었다. 병원에 가면 선생님들은 늘 같은 말을 했다.

"스트레스에 대한 역치가 낮아서, 조금만 자극을 받아도 몸이 아픈 거예요. 치료도 치료지만 마음을 편안하게 갖는 게 중요해요."

아무리 약을 먹고 치료를 받아도 마음이 불편하니 나아지지 않았다. '스트레스를 받지 말아야지' 하는 생각 자체가 증상에 대한 집착이었다.

어른들은 대학에 가면 괜찮아질 거라고 말했다. 시간이 흘러 대학생이 되기를 간절히 바랐다. 모두가 힘든 고3 때는 하루하루가 버거웠다. 매일 배를 움켜쥐고 소화제를 삼켰다.

그해, 모든 미대 입시에서 떨어졌다.

"예안아, 너는 시험장만 가면 절고 오는 것 같아."

학원 상담실에서 재수에 관한 얘기를 하던 중 선생님이 말했다.

"네? 절고 온다는 게 무슨 말이에요?"

"네가 예민하고 긴장을 많이 하니까, 시험장에 가서 평소 실력대로 하지 못한다는 얘기야."

"아… 네."

"좀 담담해져 봐. 너는 무던해질 필요가 있어. 그것만 고치면 돼."

오랜 시간 나를 지켜봐 온 선생님은 입버릇처럼 내게 담담해져야 한다고 말했다. 내가 조그만 변화에도 민감하게 반응하니 고스란히 티가 났나 보다.

미술 실기 시험을 보러 가야 할 때면 아침부터 예민함의 극치를 달렸다. 고슴도치처럼 가시를 세웠다. 물 한 모금도 넘어가지 않았다. 두근거리고 배가 아팠다.

막상 시험이 시작되고 도화지를 받으면 차분해졌다. 온 힘을 다해 그림을 그렸다. 시험이 끝나면 진이 다 빠져 힘들었지만 괜찮았다. 내가 가진 예민함이 모든 신경을 그림에 집중시켜 준다고 생각했다.

내가 틀리게 생각했던 걸까. 선생님의 말을 듣고 예민함이 오히려 나를 갉아 먹는 것 같다는 생각이 들었다.

무던하다는 건 어떤 걸까. 한 번도 그래 본 적이 없어서 어떻게 해야 할지 모르겠다.

책에서는 예민함이 좋은 거라고 말한다. 당대 유명 예술가들의 성향이었고, 창의력의 원천이라고 말이다. 현실에서는 왜 틀린 것처럼 여겨질까. 남들과 다른 게 아닌 틀린 사람이 된 기분을 좀처럼 지울 수가 없다.

단단하고 담담한 사람이 되겠다고 해마다 다짐하고 있다. 흔들리지 않기를, 부디 평정심을 유지하기를.

대학에 가면 다 나아질 거라고 했는데, 이제는 나이가 더 들어 많은 경험을 쌓고 감정에 무뎌져야 한단다. 빨리 나이가 들고 싶다. 예민하고 뾰족한 구석이 닳고 닳아 무뎌진 동그라미가 되고 싶다.

—

## 네가 더
## 희미해졌으면 좋겠어

집 근처 횡단보도 앞, 나는 초록불을 기다리며 너를 떠올렸다. 나는 네 생각이 나는데, 동네 어디에도 네 흔적이 없다. 마치 네가 처음부터 이 세상에 없었던 것처럼.

너의 이름은 지현이었다. 너는 까만 피부에 토끼 같은 앞니를 가졌고, 동그란 안경에 양 갈래로 머리를 땋고 다녔다. 다른 한 명까지 우리 셋은 같은 아파트에 사는 동갑내기 친구였다.

외동이었던 나는 형제자매가 있는 너희와 달리 그 관계에 목을 맸다. 특히 네가 아닌 다른 친구를 내가 가진 모든 걸 주고 싶을 만큼 좋아한 것 같다.

너를 좋아하는 편은 아니었다. 동생이 많던 네게는 늘 아기 분유

나 치즈 같은 더운 냄새가 났고, 나는 그 냄새를 싫어했다. 난 네가 아닌 다른 친구와 둘이서만 놀고 싶다는 생각을 자주 했다.

하굣길에는 늘 학교 앞 문방구를 한 바퀴 둘러봤다.

그날은 문방구 아주머니가 만두를 팔고 있었다. 엄마가 생각나 300원을 주고 만두 다섯 개를 골랐다. 종이컵을 들고 걸어가던 중, 버스를 향해 뛰어가는 너와 부딪혔다. 만두는 바닥을 뒹굴었고 나는 주저앉아 엉엉 울며 너를 원망했다. 이후로 너와 나 사이는 멀어졌다.

학년이 올라갔다. 초등학교 3~4학년쯤, 우리 옆에는 각각 다른 친구들이 있었다.

너는 조용하고 소심해진 듯 보였다. 아는 척하는 게 창피해서, 나는 너를 보고도 못 본 척 알면서도 모르는 사이인 척했다.

저녁 여덟 시쯤, 엄마가 전화를 받더니 심각해졌다. 좀처럼 볼 수 없는 엄마의 굳은 얼굴에 겁이 났다. 네가 죽었다고 했다.

다음 날 학교에 가 보니 네 책상 위에 하얀 꽃이 놓여 있었다. 너를 태운 차가 운동장 한 바퀴를 돌았고, 너희 반 친구들은 너를 배웅하러 갔다고 했다.

나는 그 얘기를 듣고만 있었다. 그래도 같이 놀던 친구였는데. 여전히 같은 동네, 같은 아파트에 살고 있는데. 나는 가만히 있었다.

학원 차를 타고 집에 가는 길에 오전 내내 울었다던 너희 반 친구가 입을 열었다. 무슨 사고가 있었다느니, 이후에 어떻게 되었다느니. 작은 입이 쉴 새 없이 삐약거렸다. 채 갈무리하지 못한 샛노란 깃털이 날아다니는 것 같았다.

네가 떠나기 며칠 전, 우리는 집 근처 길에서 만났다. 주변을 서성이길래 뭐 하냐고 물었더니, 너는 열쇠가 없어 집에 가지 못한다고 했다. 혹시라도 네가 우리 집에 온다고 할까 봐 서둘러 자리를 피했다. 그게 너에 대한 마지막 기억이다.

내가 가고 네가 그 자리에 얼마나 있었을지, 머릿속이 너와 네가 서 있던 길로 가득했다. 너를 우리 집에 데리고 왔으면 어땠을까. 손을 내밀지 않은 것도, 살갑게 대하지 않은 것도 많이 후회된다.

네가 떠나고 횡단보도 앞에는 하얀색 스프레이로 동그라미가 그려졌다. 네 책상 위에 있던 흰색 꽃과 겹쳐 보였다. 나는 동그라미에서 멀리 떨어져 걸었다. 그 위로 사람들의 발걸음도, 차의 바퀴도 지나가지 않기를 바랐다. 하얀색은 곧 희미해졌다.

그 후로 시청과 교육청에는 민원이 줄을 이었고, 아침 등굣길에는 어른들이 나와 교통정리를 했다. 여전히 그곳은 복잡하지만 나름대로 정리되었고, 우리가 만났던 길은 반듯하고 넓어졌다.

너는 이곳에 없지만, 나는 아직 여기에 있어서 자주 네 생각이 난다.

횡단보도 앞에서 너의 흔적을 찾는다. 아기 분유 냄새가 날 때면 네가 내 근처에 있는 것 같다.

내 생각 속의 너는 양 갈래로 머리를 땋은 채 나를 쳐다보고 있다. 나는 많이 달라졌는데, 너는 왜 마지막 기억 속 모습 그대로일까.

조금은 흐릿해진 네가 더 희미해졌으면 좋겠다.

2부

예민한 나에게
공황이 시작되고 있었다

—

## 좋아하면서도
## 질투하는 마음

웹상에 내 이름을 검색하다가 사진 한 장을 봤다. 15년 전, 사생 대회에서 시민기자에게 찍힌 사진이었다. 내 옆으로 솔이가 보였다. 그 대회에서 나는 우수상을, 솔이는 금상을 받았다.

솔이와는 열두 살에 미술학원에서 만나 친해졌다. 우리 둘 다 그림을 좋아했고 열과 성을 다했으므로, 가까워지는 건 당연했다.
매일 솔이네 집에 놀러 갔다. 솔이 어머니는 내가 가장 좋아한 학교 선생님이었다. 나는 선생님이 깎아 주신 복숭아를 먹으며, 솔이와 게임을 하고 마당에서 물을 뿌리며 뛰어 놀기도 했다. 해가 지면 내일을 약속하며 집으로 돌아갔다.

"이번엔 솔이가 더 큰 상을 받았네. 다음엔 예안이가 받아야겠지?"

선생님들은 우리를 라이벌 구도로 만들었다. 같은 대회에 나갔고, 엎치락뒤치락 상의 크기를 다퉜다. 나는 솔이보다 큰 상을 받으면 당연한 이치라는 듯 승리감에 취했고, 작은 상을 받으면 졌다는 패배감에 남몰래 울었다.

친구들은 물었다.

"둘 중에 누가 더 잘 그려?"

"둘이 같은 대회에 나간 거야?"

"너 졌어?"

"솔이가 너보다 잘해?"

악의 없는 질문에 악에 받친 건 나뿐이었다. 솔이가 없는 자리에서 선생님들은 나를 '우리 학원의 다크호스, 우리 학교의 화가 탄생'이라며 치켜세웠다.

나는 솔이를 좋아하면서도 열등감과 질투, 우월감을 반복해 느꼈다.

대회를 앞둘 때면 예민해졌다. 이유 모를 복통이 이어졌다.

사춘기였는지 사귄 친구들의 영향인지, 신경질적으로 욕을 하고 화를 냈다. 솔이는 그렇지 않았다. 흔들림 없는 바위처럼 묵묵했고 담담했다. 차분함의 극치였다. 그와 비교된 나는 매번 혼났다.

"왜 그러는 거야? 왜 짜증을 내? 좀 차분해져 봐, 솔이를 보고 배워."

우리는 그림도 달랐다. 내가 단청과 기와 같은 묘사에 치중한 그림을 그릴 때, 솔이는 묵직하고 오래된 물레방아와 고택을 그렸다. 늘 그랬다. 나는 붓끝을 사용하는 화려한 묘사, 솔이는 넓은 면을 차곡하게 쌓는 견고함. 선생님들도 그런 곳의 풍경 사진만 가져다줬다.

나는 솔이의 단단함을 흉내 내려 일부러 내 것과 다른 풍경에 넓적한 터치를 쌓아 보았다. 물감이 마르지 않은 채 덧칠해 물똥이 번져 어지러웠다, 그리고 어두워졌다. 나는 물감이 마르고 쌓이길 기다릴 만큼 차분하지 못했다.


졸업식에서 나는 예능상의 대표를, 솔이는 공로상을 받았다. 나는 자긍심을 가지면서도 솔이가 가진 걸 탐했다.

내 모든 걸 솔이와 비교했다. 열네 살이 되던 겨울이었다.


솔이는 본격적으로 예고 진학을 준비하기 위해 서울로 레슨을 다녔다. 그의 엄마인 선생님에게 전화가 왔다. 함께 예고 준비를 하자는 제안이었다. 그때의 나는 그림과 권태기여서 내가 좋아서 하는 건지, 그간 해 왔어서 하는 건지 알지 못했다.

예고에 가는 건 부모님께 부담이 되는 것 같기도 했고, 그 곁을 떠날 용기도 없었다. 무엇보다 솔이와 같이 예고 준비를 한다면, 솔이는 붙고 나는 떨어질 것 같았다.

나는 미술 학원을 쉬며 애매하게 공부하다가, 솔이의 예고 준비를 부러워도 하다가, 결국 난 그림이구나 하고 입시 학원에 들어갔다. 거기서 이름 모를 석고상을 그리는 언니 오빠들을 봤다.

'솔이도 저런 걸 그리고 있겠지?'

나는 솔이를 생각하며 석고상을 그렸다. 희고 단단한 석고는 붓질이 쌓이지 못한 채 묘사만 더해져 날카롭게 그을렀다.

예고에 간 솔이와 연락이 끊겼어도 나는 생각했다.

'솔이는 요즘 뭘 하고 지낼까? 여전히 순수회화를 하고 있을까? 미대에 갔을까? 어느 대학에 갔을까? 재수는 안 했겠지? 나를 기억할까?'

대학에 갔을 때는 어디선가 만나지 않을까 기대도 했다.

솔이 이후 나는 웬만한 사람에게 열등감이나 라이벌 의식을 느끼지 않았다. 대신, 이상적인 모습을 그려놓고 그것에 미치는가 아닌가에 집착했다. 기대에 미치지 못했다, 자기혐오의 시작이었다.

감정 기복과 예민함은 입시를 할 때 유독 심했다. 그런 내게 선생님들은 저마다 말했다.

"넌 너무 예민해."

"차분해져 봐, 담담하게."

"인혜를 봐, 좀 배워."

인혜는 학원에서 같이 그림을 그리던 친구였다. 굳고 단단해 보이던 친구. 과거가 오버랩됐다.

나는 선생님의 말을 들으며 인혜가 아닌 솔이를 떠올렸다. 그 애는 여전히 다른 모습으로 내 주위에 있었다.

최근에 솔이의 어머니, 내가 좋아했던 선생님이 우리 지역 학교로 전근 왔다는 소식을 들었다. 궁금했다. 잘 지내고 있는지, 여전한 모습인지. 연락할 방법은 많았지만 하지 않았다.

솔이가 여전히 그림을 그리고 있다면, 같은 일을 하고 있는 의지할 친구가 아닌 열등감을 느끼게 하는 존재로 다가올 것 같았다.

솔이를 알게 된 지 10년도 훨씬 지난 때였다.

—

## 아등바등 노력한
## 흔적이 보일 때까지

"선생님, 저 그림 망해서 대충 내고 왔어요."

주말, 실기 대회에 다녀온 학생이 말했다. 미대 입시 학원에서 보조 강사로 일했을 때였다.

"너는 간절함이 없어. 대학에서 그런 학생을 뽑겠어? 적어도 완성은 해야 하는 거 아냐? 최소한의 노력은 해야 하는 거 아니냐고. 네가 그 러고도 고3이야?"

기가 찬 나는 학생을 나무랐다. 내게 대학은 삶의 목표나 마찬가지였 던 터라, 열심히 하지 않는 것도 간절함이 없는 것도 이해되지 않았다.

중학생 때부터 미대 입시 학원에 다녔다. 가장 어렸다. 언니 오빠들은 다 그린 그림을 바닥에 펼쳐놓았다. 선생님은 이젤의 막대기로 그림을 위아래로 옮겼다. 그 끝으로 순위가 정해졌다.

시간 내에 완성하지 못하거나 틀린 부분이 있으면 차례로 바닥에 엎드렸다. 나무 막대가 이번엔 허공을 위아래로 갈랐다.

그들은 앓는 소리 한 번 내지 않았다. 대학에 가기 위해서는 다 그렇게 해야 하는 줄 알았다.


고등학교 3학년, 시험을 목전에 둔 겨울 방학 특강. 학원 친구들과 그린 그림을 바닥에 펼쳐놓았다. 시간이 지났으므로, 선생님은 나무 막대로 그림의 위아래를 나누지도 우리를 때리지도 않았다. 대신 레이저 포인터를 사용해 피드백했다. 그림 위로 빨간 점이 생겼다.

나는 새로운 패턴을 시도하다 그림을 망쳤다. 애써 무마하려 묘사를 더했다. 손이 떨릴 때까지 할 수 있는 모든 걸 했다. 주변에 있던 사람들이 기함했다. 종이가 뚫어지겠다며, 그만하라고, 집착이라고 말했다. 그리고 평가 시간에 내 그림을 본 원장 선생님은 헛웃음을 지었다.

"다들 예안이 그림을 좀 봐. 어떻게든 완성하려고 아등바등 노력한 흔적이 보이지 않니?"

선생님은 친구들에게 내 그림을 참고하라고 했다. 그림이 안 풀려도 끝내 완성해야 한다는 말이었다. 선생님은 늘 내 그림을 이렇게 평했다. '열심히 그린 학생 같은 그림, 간절함이 보여 교수들이 좋아할 그림'이라고. 그 평은 '나'라는 사람에게도 해당됐다. 그렇게 대학에 가서 얻은 건 헛헛함이었다. 목표가 사라진 것이다.

재수를 해서 1년 늦게 입학했다. 먼저 학교에 간 친구들이 말했다.

"1학년 때가 중요해."

"놀기만 하면 안 돼."

"학점 관리를 해야 해."

친구들은 학점 관리와 토익, 대외 활동, 자격증 등 스펙 쌓기에 열을 올리고 있었다. 무엇을 해야 할지 몰랐다. 매일 동기들과 서울 이곳저곳을 누볐다.

한 학기가 지나면서부터는 그럴 수 없었다. 누구는 휴학을, 누구는 유학을, 누구는 반수를, 누구는 편입을 준비했다. 혼란스러운 나는 학교에 먼저 간 친구들의 말처럼 스펙 관리를 하기로 했다.

과제를 위해 야작(밤잠을 포기하고 과제를 한다)을 했고, 대외 활동과 공모전 준비를 했다. 방학에는 아르바이트와 자격증 수업을 병행했고 마음 맞는 친구들과 수제품을 만들어 마켓에 참여하기도 했다.

특별하다고 생각해 본 적은 없었다. 모두가 그렇게 산다고 생각했고 또 그래야만 한다고 들었다.

왜, 책에서 그러지 않나. 20대에는 공부도 하고 여행도 가고 외부 경험도 쌓아야 한다고. 대학생, 20대는 그래야만 하는 거였다.

과제는 많았지만 열의가 있어, 나는 친구와 줄곧 야작을 하곤 했다. 직조실에서, 염색실에서, 컴퓨터실에서. 자정이면 학교 문은 굳게 닫혔다. 비용을 줄이기 위해 경비원들을 해고했으므로, 새벽의 학교는 우리와 CCTV뿐이었다.

깜깜한 바깥과 적막히 불 꺼진 복도. 그 으슥함에 우리는 정수기에 갈 때도, 다른 실기실로 이동할 때도, 화장실에 갈 때도 음악을 켠 채 동행했다.

과제는 기술보다 얼마만큼의 시간을 투자했는지의 노동력을 요구했다. 실을 직조했고 잡아당겼다. 천 위에 그림을 그렸고, 물들였다. 사진을 찍고 만지고, 금속판을 자르고 붙였다.

시간을 들일수록 완성도가 올라갔다. '열심히'와 '노력', 그리고 '잘'은 다른 것인데도 '열심히'만 하면 결과물이 '잘' 나왔다. 그 집착으로 평일 밤은 물론 주말에도 학교에 남았다. 그런 내게 한 동기가 말했다.

"너 진짜 열심히 산다, 징그러워."

그즈음 가장 많이 들었던 말이 '너 정말 열심히 산다'였다. 친한 친구도, 그렇지 않은 친구도, 친구의 친구도, 모르는 사람까지도. 그 말만큼 싫은 것도 없었다.

목적이 있을 땐 노력하는 모습이겠지만, 목표가 없어진 뒤의 '열심히'란 매사에 안달복달하는 것처럼 느껴졌다. 나는 알 수 없는 수치심을 느끼며 손사래 쳤다. 그러면서도 내가 할 수 있는 거라곤 열심히 하는 것뿐이어서 나는 목적 없이 간절해져만 갔다.

그날도 야작을 했다. 내내 톱으로 황동판을 잘랐다. 토치로 불을 붙여 두드렸고, 거친 단면을 갈아 냈다. 잔뜩 들어간 힘에 손끝이 바들바들 떨렸다. 굳이 그럴 필요는 없었다. 섬유 공예를 심화 전공하고 있으므로 금속 공예는 스치듯 경험하는 것에 불과했다.

그런데도 나는 손끝부터 어깨와 등허리까지 빳빳이 힘을 줬다. 손이 떨렸고, 자고 일어나면 손가락이 말려들어 갔다. 친구들 앞에서 손을 숨기면서도, 내가 잘 살고 있는 것 같다고 생각했다.

학교 건물은 새벽 다섯 시에 열렸다. 짐을 챙겨 나섰다. 내게서 쇠붙이의 비린내가 나는 것 같았다. 바깥에선 물 먹은 이슬 냄새가 났다. 몸속의 모든 수분이 밖으로 빠져나간 것 같았다. 빈속만큼 발걸음이 가벼웠다. 손은 가벼이 떨렸다.


자취방에 가는 길, 반대편에서 검은 옷을 입은 한 남자가 걸어오고 있었다. 외투에 손을 깊이 찔러 넣은 남자, 나는 직감했다.

'외투 안에서 뭔가 꺼내 나를 찌를 것이다.'

숨을 죽이며 걸었다. 스친 건 허공에 떠도는 바람뿐이었다.

손목이 아플수록, 손가락이 말려드는 정도가 심해질수록 그런 느낌이 빈번해졌다. 누군가 나를 찌를지도 모른다는 공포, 뒤에서 차도로 밀어 버릴 거라는 불안. 나중에야 불안장애 증상이라는 걸 알았다.

—

## 어둠에 가려지고
## 싶은 건, 나였다

술을 깰 겸 그와 호숫가를 걸었다. 밤하늘에 새까만 호수를 보며 내가 말했다.

"여기, 내가 키우던 거북이가 살고 있을 거예요."

그가 무슨 말이냐고 물었다.

"어릴 때 키우던 거북이를 여기 풀어 줬어요. 거의 20년이 되었으니 지금은 엄청 컸겠죠?"

내 말에 그는 별 반응이 없었다. 벤치 위로 맞닿은 손에 눈이 팔린 채였다.

술을 마시면 호수에 갔다. 친구들과도 갔다. 그 모든 게 절차인 것처럼, 습관적으로 나는 거북이에 대해 말했다. 친구들이 웃었다. 호수를 군림하는 왕 거북이가 됐을 거라고 말했다. 나도 웃었다.

다른 그와도 갔다. 나는 오늘과 어제, 그제가 되감기 되지 않으면 견디지 못하는 사람처럼 반복했다.

"여기에 내가 키우던 거북이가 살고 있을 거야."

들려오는 그의 답에 어둠 속 내 얼굴은 벌게졌고, 심장이 뛰었다.


햄스터를 키웠다, 두 마리. 먹을 걸 주면 먹지 않고 온통 파묻었다. 매일 밤 쳇바퀴를 돌았다. 햄스터는 윗집 이웃에게 보내졌다.

몇 주 뒤에 만난 이웃은 햄스터가 죽었다고 말했다. 서로 싸웠고, 한 마리가 죽자 다른 한 마리가 죽은 햄스터를 잡아먹었다고 했다. 내가 그걸 보지 않은 게 다행이라 여겼다.


거북이도 두 마리였다. 어항에 커다란 돌을 괴어 놓았다. 거북이는 돌을 타고 위로 올라갔다. 돌 위에 앉아 목을 한껏 뺀 채 눈을 끔뻑였다. 그 눈을 보고 있으면 단전 깊은 곳에서 죄책감이 밀려들었다. 이전에 키우다 죽은 새와 햄스터를 떠올린 걸까.

거북이는 할 말이 있다는 듯 나를 쳐다봤고, 나는 말없이 어항을 톡톡 두드리다가 고개를 돌렸다. 거북이는 자주 어항 밖으로 탈출했다. 외출을 하고 돌아오면, 괴어 놓은 돌을 타고 올라 어항 밖으로 나가 있었다. 온 집안을 살폈고, 거북이를 찾는 곳은 늘 베란다 구석이었다.

엄마와 나는 거북이를 자연에 풀어 주기로 했다. 매번 탈출을 감행해 베란다로 향하는 게, 작은 어항을 떠나 큰 세계로 떠나고 싶은 거라고 생각했다. 거북이의 눈을 볼 때마다 드는 죄책감도 그것에 관한 거라고 생각했다. 호숫가에 놓인 거북이는 돌아보지 않고 유영해 작은 점이 되었다.

"그거 그냥 유기한 거 아니야?"

거북이를 놓아 줬다는 말에 그가 답했다. 나는 얼굴이 벌게졌고, 심장이 터질 것 같았다. 나는 손사래를 치며 말했다.

"아니야, 걔가 답답해했어. 매일 어항 밖으로 나갔다고. 그리곤 베란다에 갔어. 그게 뭐겠어? 밖으로 나가고 싶다는 신호 아니겠어? 어항은 작잖아, 호수는 크고. 걔한테는 호수가 더 나을 테니까, 그래서 그런 거야."

말을 하면 할수록 물음이 들었다.

'정말? 거북이가 정말 나한테 나가고 싶다고 했어? 혹시 내가 눈치를 준 건 아니고? 거북이와 먹이가 물에 고인 듯 나는 냄새가 별로라던가, 키우는 재미가 없다던가, 마주치는 눈빛이 부담스럽다던가. 그렇게 티를 낸 건 아니고? 햄스터처럼 다른 사람이 거북이를 데려가길 바랐던 건 아니야?'

그에게 말하고 싶었다.

'너는 거북이 눈을 본 적 없잖아. 어항에 갇힌 그 모습을 봤더라면 너는 어떻게 했겠어?'

밤의 호수는 늘 까맸다. 가만히 보고 있자면 빨려 들어갈 듯 아득했고, 아래가 보이지 않는 칠흑 같음에 이곳에서 숨이 막혀 죽을지도 모른다는 생각을 하기도 했다. 폐 속까지 검은 먹물이 차오를 것 같았다.

거북이는 당연히 보이지 않았다. 물고기도 보이지 않았다. 어둠은 그들을 삼킨 걸까, 가려 준 걸까.

생각해 보면 낮에 그 호수에 갔던 적이 없다. 사람들에게 이곳에 거북이가 있다고 말하면서도, 늘 보이지 않는 깜깜한 밤에 갔다.

늘 까만 호수였다. 어둠에 가려지고 싶은 건, 나였다.

## 내가 부끄러워진
## 그날의 트라우마

지하철에서 내려 계단을 올랐다. 미술관까지는 10분을 걸어야 했는데 내리쬐는 햇볕이 아찔했다. 머리가 핑핑 돌고 눈앞이 아득하니, 노란빛으로 물들었다.

'왜 이러지, 정말로 저질 체력이 되어 버렸구나.'

생각하던 중에 숨이 턱밑까지 차올랐다. 도로에 줄지은 의경들이 보였다. 손을 뻗어 도움을 청할까 고민했다.

엄마에게 뉴스를 봤냐고 전화가 왔다. 배 사고가 나는 건 뉴스에 종종 나오는 일이니 별것 아니라고 여겼다.

시험 기간, 실기실에서 물레로 흙을 빚고 있을 때였다. 우리는 모두

앞치마를 입고 각자의 물레 앞에 앉아 이어폰으로 귀를 막고 있었다.

뉴스를 본 건 식당에서였다. 사람들이 TV 앞에 모여 연신 '어떡해' 하고 입을 모았다. 배가 뒤집혀 있었다. 작은 고깃배가 아닌 커다란 유람선이었다. 말문이 막혔다.

밖은 비가 내리고 있었다. 우산이 없어 비를 맞으며 자취방에 갔다. 기사를 찾아봤다. 구조 성공이 연이었고 전원 구조라는 말이 들렸다. 오보였다. 눈물이 찔끔 났다가 덮어 뒀다.

'나' 이외의 것에 신경 쓸 겨를이 없었다. 내 일상이 중요했다.

기타를 배우겠다고 기탓줄을 누르던 손가락 끝이, 그 끝으로 흙을 빚어내는 게, 그러다 요철을 만져 쓰라린 게 더 아팠다. 4월 16일이었다.


1년이 지나 매스컴에 관한 교양 수업을 들었다. 매주 여러 신문을 모아 하나의 주제를 각 신문사가 어떻게 다루는지를 살폈다. 과제도 그와 같았다. 대부분의 학생이 그날을 주제로 택했으므로, 나도 대세에 따랐다.

각 신문사에서 다룬 내용들을 찾아보며 그날을 처음으로 마주했다, 처참하고 참혹했던 기록들을.

리포트는 A+를 받았다. 덮어 뒀던 것으로, 들춰 보지 않았던 것으로, 단순한 통계와 분석으로, 그럴 듯하게 포장한 말 몇 마디로 A+를 받은 것이다.

나는 내가 부끄러웠다. 내 손가락에는 일말의 작은 상처도 없었다.

미술관에 가기 위해 탄 지하철에서 기계 돌아가는 소리가 났다. 불쾌한 울림에 내심 불안했지만, 사람이 많이 있었고 아무도 신경 쓰지 않았다.

소리를 무시하며 가던 중, 지하철이 멈춰 섰다. 사람들은 미동도 없었다. 안내 방송은 나오지 않았다. 심장이 쿵쿵 뛰었다. 온몸이 마치 심장이 된 듯 두근거렸다.

며칠 전, 지하철이 몇 분간 멈췄다는 뉴스를 봤다. 시민들은 기다리지 않고 직접 문을 열어 선로 위를 걸었다. 내가 탄 지하철은 여전히 멈춰 있었고, 방송은 나오지 않았다. 사람들은 잠시 힐끔거릴 뿐 다시 핸드폰에 집중했다.

차가운 에어컨 바람에 소름이 오소소 돋았다. 등에서는 땀이 흘렀다. 탈출해야 하는 거 아닌가, 왜 다들 가만히 있지? 지하철은 10분이 지나 다시 움직였다. 족히 열 시간은 흐른 것 같았다.

지하철에서 내려 계단을 올랐다. 숨이 가빠졌다. 내리쬐는 햇볕이 아찔했다. 머리가 핑핑 돌고 눈앞이 아득하니, 노란빛으로 물들었다. 도로에 줄지은 의경들에게 도움을 청해야 하나 싶었다. 내가 왜 이럴까 생각해 보니, 멈춘 지하철에서의 10분으로밖에 설명되지 않았다.

근처 벤치에 앉아 숨을 골랐다. 광화문 거리는 여전히 그날의 기록으로 채워져 있었다. 달라진 건 아무것도 없었다.

　친구는 그때 이후로 전 국민에게 트라우마가 생긴 거라고 말했다. 모두가 그때의 기억이 상처가 되고 흉터가 된 거라고 했다.

　숨을 고르며 내 손을 펼쳐봤다. 상처를 입어 본 적 없는 것처럼, 흉 하나 없었다. 손톱 밑의 작은 가시도 박혀 있지 않았다. 멀끔한 내 손이 부끄러웠다.

—

## 예민한 나를
## 불안하게 한 것들


서울과 본가를 오가는 거리에 타워가 보였다. 타워는 어디서든 높이를 자랑했다. 하늘을 가리는 총알같이 생긴 그걸 두고 사람들은 흉물스럽다고 말했다.

내 생각도 별반 다르지 않았다. 완공된 타워는 날씨를 추측하는 기상 예보가 되었다. 타워가 보이는 유무에 따라 안개와 미세먼지의 농도 따위를 예측할 수 있었다.


부모님과 타워에 갔다. 전망대의 예약 시간 전에 도착해 쇼핑몰 이곳저곳을 구경했다. 주말의 타워는 많은 사람으로 넘실거렸다.

몇 년 전, 타워 공사를 하던 때가 생각났다. 약한 지반에 거대한 건물이 들어선다고 했다. 사람들은 우려했다, 무너지지 않을까. 그즈음 주변에 싱크홀이 생겨나기도 했으니 공포는 고조되었다. 내가 내딛 발끝이 언제 무너질지 알 수 없다는 공포였다.

그때 나는 잠실의 한 화실에 다녔다. 화실 주변은 도로 밑 수도 공사가 한창이었다. 양옆으로 트럭이 지나가자 타고 있던 버스가 휘청거렸다. 땅이 진동하고 넘실거렸다.

파도의 굴곡처럼, 위아래로 양옆으로. 바다에 휩쓸린 차에 탄다면 이런 느낌일까. 땅에 구멍이 생겨 버스가 떨어질 것 같았다. 주위를 둘러봤다. 아무도 파동을 눈치 채지 못한 듯했다.

타워에 있는 사람들을 눈으로 좇았다. 몇 명이나 될까. 이 인원을 건물이 감당할 수 있을까. 알지도 못하는 삼풍 백화점 사고를 떠올리기도 했다. 우리 가족이 살고 있는 아파트는 본래 삼풍 아파트였다가, 입주 직전 백화점 사고로 이름을 바꿨다고 했다.


식당도 인산인해를 이뤘다. 좁은 테이블 간격에 옆 사람의 목소리가 귀를 타고 울렸다. 쩝쩝 음식 씹는 소리, 식기 부딪히는 소리, 말소리, 의자 끄는 소리, 호출 벨 소리, 사람 오가는 소리.

소리들이 원을 이뤄 나를 가둬 놓은 듯했다.

동굴처럼 웅웅 울렸고, 고막을 찔렀다. 쩝쩝, 떵둥, 드르륵, 달그락. 주위를 둘러봤다. 모두 먹고 마시고 이야기하기 바빴다. 엄마 아빠를 봤다. 다른 사람들과 별반 다르지 않았다. 머리가 지끈거렸다. 소음에 갇힌 몸이 터질 것 같았다.

엄마 아빠는 전자 제품을 둘러봤고, 나는 벤치를 찾아 앉았다. 지끈 거리는 머리가 좀처럼 나아지지 않았다. 체한 듯 울렁거렸다. 사람들은 여전히 많았다.

그때 냄새가 났다. 뭐라고 정의 내려야 할지 모르는 그 냄새. 환기 안 되는 좁은 공간에서 날 것 같기도, 오래된 원목 가구에서 날 것 같기도, 눅눅한 종이에서 날 것 같기도 한 냄새. 하루를 일하고 도망치듯 나왔던 일식집, 화장실 한 번 가지 못하고 열 시간 내내 일하다 창고에서 햄버거를 먹었을 때 났던 냄새. 종일 미술 학원에 틀어박혀 그림을 그릴 때면 석유난로와 더불어 나던 냄새.

아니, 사실 그 무엇에도 해당되지 않았다. 냄새는 정의할 수 없었다. "어디서 무슨 냄새나지 않아?" 하고 물으면 아무도 그렇다고 답하지 않았다. 내가 예민해지거나 불안할 때 내게만 났던 냄새였다.

감정의 제어 장치가 고장 난 것 같았다. 눈물이 후두둑 떨어졌다. 나를 발견한 엄마 아빠가 놀라 뛰어왔다. 나는 머리가 아프다고 말했다.

쉬기 위해 카페에 들어갔다. 창밖으로 호수가 보였다. 창가에 앉아 가방에서 진통제 두 알을 꺼내 삼켰다. 알 수 없는 당혹감과 창피함에 고개를 숙였다. 숙인 고개에 눈물은 허벅지 위로 뚝뚝 떨어졌다.

아빠는 어쩔 줄 몰라 했다. 평소 내게 두통이 있다는 걸 아는 엄마는 침착하게 말했다. 밀폐된 공간에 사람들이 많아 소음과 불빛으로 두통이 심해졌을 거라고 말이다.

창가에 앉아 바깥을 보며 커피를 마셨다. 울렁거리던 속이 진정됐다. 웅웅거리던 소리도 차단됐고, 지끈거리던 머리의 압력도 내려갔다. 언제 그랬냐는 듯, 그런 일 없었다는 듯. 잠깐의 해프닝이었을 뿐이었다.

예약 시간이 돼 타워의 전망대로 향했다. 노을이 지고 밤이 돼 도시는 불빛으로 물들어 있었다. 타워의 높이에 발을 땅에 붙이고도 비행기의 시점을 볼 수 있었다. 안경을 쓰지 않은 내겐 전부 초점이 나가 번져 보이는 빛이었다. 번짐은 어둠에 밝음을 퍼트렸다.

도시는 구멍 없이 빛으로 채워졌고, 예약제로 진행되는 전망대는 소규모의 사람만 있었다. 나는 도시 풍경을 구경하며 전망대를 뱅글뱅글 돌았다. 나를 힘들게 한 건 건물인가, 도시인가, 구멍인가, 사람인가 생각하면서.

—

## 힘들었던 기억이
## 생각나는 이유

"일본 사람이죠?"

등산복 입은 아저씨가 내게 물었다. 나는 "네?" 하고 되묻다 말뜻을 알아채곤 눈을 흘겼다.

아빠가 속한 산악회에서 중국 장자제로 여행 갔을 때였다. 장엄한 풍경에 무릉도원이라 일컫는 곳이라 했다. 다 큰 자식이 부모님 여행에 따라가는 게 웃겨 보일 것 같았지만, 창피함을 무릅쓰고 따라나섰다. 혼자 가거나 친구들과 가기는 힘든 곳이기 때문이었다.

톈먼산에 가는 날이었다. 산과 산을 넘는 케이블카를 무려 50분이나 탄다고 했다. 줄을 서서 기다리는 데에는 두 시간이 걸렸다. 습하고 더운 날씨에, 챙겨 온 얼음물은 미지근해진 지 오래였다.

더위에 사람이 녹을 수 있다고 생각할 즈음 가이드가 아이스크림을 사 왔다. 받자마자 입에 물었다. 아, 입술이 성에 위로 붙어 버렸다. 떼어 내려 하자 입술이 찢길 듯 늘어났다. 엄마가 놀라 소리쳤다.

멋쩍어 괜찮다고 말하려는 찰나, 혀마저 붙어 버렸다. 침으로 녹이려 입속을 움직일수록 더 움직일 수 없어졌다. 온통 뾰족한 얼음덩이에 달라붙은 거였다.

'도대체, 이 나라는, 아이스크림을, 드라이아이스로 만든 건가?'

눈을 굴리며 '웅웅' 도움을 청했다. 일행과 주위에 있던 한인들, 중국인들의 시선이 내게 꽂혔다.

가이드는 급히 물을 사 왔고 엄마가 받아 내 입술 위로 부었다. 짜고 비릿한 피 맛과 함께 입술이 떼어졌다.

그때 등산복 입은 한 아저씨가 내게 말을 걸었다.

"한국 사람 아니죠? 일본 사람이죠? 외국에서 창피한 일 생기면 일본인인 척하는 건데."

그 아저씨는 출국하는 공항에서도 마주쳤는데, 나를 알아보곤 또다시 이렇게 말했다.

"어! 일본 사람이다!"

그 뒤로 한동안 아이스크림을 후후 불어 먹었다.

공황장애를 치료하며 대만 여행을 다녀온 적이 있다. 자유 여행임에도 사진을 보지 않는 이상 생각나는 게 없다. 돌발 상황에 불안해하기 싫어 각 계획마다 세 개 이상의 대안을 만들어 놓은 탓이었다. 완벽한 여행은, 당시에는 좋지만 돌아서면 기억나는 게 없다. 잘된 일보다 틀어진 일이 기억에 더 잘 남는 이유는 뭘까?

그해 여름 방학에는 대학 동기들과 부산에 갔다. 나는 처음 타 보는 기차에 호들갑을 떨었다.
"기차 타면 에단 호크 만나는 거야? 〈비포 선라이즈〉처럼?"
우리는 각자 가고 싶은 곳과 먹고 싶은 걸 정해 즉흥적으로 찾아다녔다. 길치들이라 횟집을 못 찾아 마트에서 회를 사 먹기도, 전날 내린 비에 물먹은 폭죽이 터지지 않기도, 버스에서 잘못 내려 자동차 도로 한가운데에 서 있기도 했다.
그때는 망했다고 생각했던 시간이 돌이켜 보면 가장 즐거웠다. 한낮의 불꽃놀이, 길 잃어 발견한 폐철길, 모래사장에서 먹었던 밀치회.

겨울에는 내일로 여행을 갔다. 순천과 여수, 전주를 방문하는 호남 코스. 대표 장소 한두 군데를 골라 주변을 여유로이 걸었다.
전라도 음식은 왜 그리 맛있는지, 눈앞의 아무 식당에 들어가도 맛만 좋았다. 삐끗한 일 없이 여유롭고 평안했다.

그래서 여행에 대한 기억이 희끄무레해졌는데, 유일하게 선명한 게 있으니 바로 기차 안 풍경이다.

내일로는 청년들이 한시적 기간 동안 KTX를 제외한 기차를 무제한으로 이용할 수 있는 상품이었다. 혹 해서 예매했다. 입석만 제공한다는 걸 간과한 선택이었다.

정해진 자리가 없다는 건, 열차 내 사람이 없을 때 어디에나 앉을 수 있지만 아무 데도 앉지 못한다는 뜻이기도 했다.

아침 일찍 용산역으로 향했다. 출근길의 도로는 주차장과 다름없었다. 간신히 시간을 맞춰 열차 앞에 도착했을 때, 출근길보다 참담했다. 기차의 칸과 칸, 통로까지 백팩을 멘 내일러들로 가득했다. 우리는 그속을 비집고 비상구 문 앞에 섰다.

서로의 들숨과 날숨이 공유되는 좁고 밀폐된 공간, 열차가 급정거하더라도 안전할 에어백 같은 패딩들, 덩달아 신음하는 승객들.

사람들은 대부분 전주역에서 내렸다. 그 말은, 세 시간을 콩나물처럼 다닥다닥 붙은 채 달려 왔다는 거다. 사람들이 떠난 뒤 생긴 틈에 우리는 비상구 계단에 주저앉아 중얼거렸다. 그리고 순천까지 한 시간을 더 달렸다.

"사람이 많아서 속도가 더 더딘가, 부산은 두 시간 반이면 됐는데."

"에단 호크는 이번에도 없었다…."

집으로 돌아가는 기차에서는 운이 좋아 카페 칸에 앉을 수 있었다.

체력이 다해, 창밖 풍경만 봤다. 끝도 없이 이어지는 지루한 지평선과 능선을 보며 나른히 멍해졌다.

누군가 내일로에 대해 물어보면, 여행 얘기는 하지 않고 기차에 대해 미주알고주알 떠들었다. 기차 여행은 낭만이 아닌 고행이라고 말이다.

"기차는 고생이야! 탈 거면 입석 말고 좌석! KTX! 더 좋은 건 비행기! 편히 살려면 돈 많이 벌어야 해!"

예상과 달랐거나 실패라고 여겼던 일들이 유독 생각난다. 그 기억들이 마음에 오래 남아 특별해진다. 때로는 새로운 관점을 갖게도 한다.

나는 공황을 겪고 치료하며 생각했다. 당장의 고단함과 힘듦, 망한 것 같은 내 인생도 한참 뒤에는 다르게 느껴지지 않을까.

뾰족이 성에 낀 아이스크림은 후후 불어 먹으면 그뿐이라고. 기차는 지루하고 답답했지만, 여정을 끝낸 뒤 봤던 바깥 풍경이 싫지만은 않았다고 말이다.

—

## 내가 내게 물어본
## 삶의 방향

터미널에서 남루한 차림의 할아버지가 내게 말을 걸었다. 멍하니 벽을 보고 있는데, 대뜸 800원을 달라고 했다. 목소리는 성대를 긁는 듯 거칠었고, 술 냄새는 나지 않았지만 취한 것 같았다.

우연찮게도 지갑에는 동전이 가득했다. 화를 입을까 봐 얼른 800원을 꺼냈다. 동전을 센 할아버지는 추가로 200원을 더 달라고 했다. 못내 찜찜함을 숨기며 200원을 더 꺼냈다. 할아버지는 동전을 점퍼 주머니에 넣더니, 안주머니에서 두꺼운 도화지와 네임 펜을 꺼냈다.

"궁합. 아가씨 이름, 생년월일."

갑작스러운 물음에 얼이 빠져 답했다. 내 정보를 휘갈겨 쓴 할아버지는 그 옆으로 뭔가를 더 적더니 내게 건넸다. 그리고 홀연히 사라졌다.

'女, 94年生, 犬. 火 / 男, 91年生, 羊. 土 / 만나서 女子 29에 結婚(결혼)'

소연이가 사주를 보러 가자고 했다. 나는 사주를 믿지 않는다고 말하면서도 우주 만물의 원리라던가, 사람마다 타고난 운이 있을 거라고 은연중에 생각하고 있었다. 게다가 내 결혼을 예견한 할아버지의 등장도 있었으니, 소연이의 제안에 솔깃했다.

강의가 끝난 뒤, 소연이가 알아 놓은 사주 카페로 향했다. 며칠간 검색해서 예약한 곳이라고 했다. 이대 근처에 있는 카페는 골목 구석구석을 돌아간 뒤에야 모습을 드러냈다. 우리는 테이블에 앉아 음료를 마시며 얘기했다.

"야, 너 사주 본 적 있어? 그런 거 많이 보면 부정 타는 거 아냐?"

"결과 안 좋게 나오면 어떻게 할 거야? 하라는 대로 할 거야?"

그때 한자가 가득한 책과 종이, 연필을 든 남자가 우리에게 다가왔다.

소연이의 이름과 생년월일, 태어난 시간을 토대로 남자는 지렁이 같은 글자를 적기 시작했다. 책을 펼쳐 뒤적이기도 했다. 소연이의 성격 특징을 나열했다. 소연이는 연신 고개를 끄덕였다.

"맞아요! 맞아요!"

알고 싶은 게 뭐냐는 물음에는 품고 있던 고민을 얘기했다.

"학교 졸업하고 취업할지 휴학하고 시험 준비할지 고민이에요."

남자는 지체 없이 시험 준비를 하라고 답했다. 공부에 뜻이 있고 시험에 통과해 잘 풀릴 운명이라고 했다. 소연이는 바로 어머님께 전화해 남자의 말을 전했다.

내 차례가 되자 나는 팔짱을 꼈다. '어디 얼마나 맞추나 보자, 심리 전술 따위 내게 통하지 않는다' 하는 방어 자세였다.

남자는 내게도 소연이와 같은 인적 사항을 묻더니 책을 보며 뭔가를 썼다. 그리고 말했다.

"선천적으로 약하게 태어났네요. 신경이 예민해서 늘 에너지가 없어요. 소화 기관이 약해 탈도 자주 나겠어요. 평생 건강을 챙겨야 해요. 유한 성격인데 고집이 세고 야망이 있어서 자수성가할 타입이에요. 의심이 많아 사람을 잘 못 믿고요. 직업은 교사나 변호사 같은 말하는 직업이 가장 좋고, 그다음으로는 글 쓰는 예술 쪽이 좋아요."

남자는 말을 하며 내 표정을 살폈다. 나는 동요했지만 동의하지 않는다는 듯 팔짱을 풀지 않았다. 대신 소연이가 긍정의 맞장구를 쳤다.

그는 내게 고민이 있냐고 물었다. 큰 고민은 아니지만, 선택을 하지 못하는 일이 있었다. 나는 난해한 무늬의 벽지를 쳐다보다가 말했다.

"공예를 전공하고 있어요. 학년이 올라가면서 심화 전공 하나를 택해야 하거든요. 섬유와 도자 중 뭐가 저에게 잘 맞을까요?"

남자는 단호하게 도자를 전공하는 게 좋다고 했다. 오행의 원리에 따르면, 나는 불(火)이 많은 사주여서 흙과의 합이 좋다는 거였다.

며칠 전 터미널에서 만난 할아버지가 떠올랐다. 그가 내 결혼을 점 쳤던 상대가 흙(土)이었다.

'궁합이라는 건 특정 누군가가 아닌 나와 잘 맞을 성질을 나타낸 거 겠구나.'

나는 이미 섬유 전공으로 마음이 기운 터여서 섬유는 어떻겠냐고 물었다. 남자는 내가 불이기 때문에 섬유와 상극이라고 했다. 천에 불이 붙어 화만 키울 거라는 얘기였다.

하고자 하는 것에 부정적인 답을 듣자 기분이 썩 좋지 않았다. 남자 는 내 표정을 살피더니 덧붙였다.

"흙과 상성이 좋지만, 꼭 그걸 택하라는 건 아니에요. 무엇을 하든 본인이 어떻게 하느냐에 따라 결과가 달라질 거예요."

그럼 그리는 일은 어떻겠냐고 물었다. 나쁘지 않다고 했다.


소연이는 시험 준비를 위해 휴학을 했다. 나는 섬유를 심화 전공으 로 택했다. 실은 소연이도 마음속으로 정해 놓은 방향이 있었다. 그것 에 확신을 가질 수 있는 뭔가가 필요했을 뿐이었다. 우리는 둘 다 하고 자 하는 걸 택했다.

그 후로도 친구들을 따라 사주나 타로 카드를 보러 다녔다. 주로 학 업운과 애정운이었다.

"그럼 그리는 일을 하고 싶다고? 나쁘진 않은데, 썩 좋지도 않아. 성격상 회사에 들어가는 게 맞아. 그림보다는 말하는 직업이 훨씬 낫고. 근데 뭐, 네가 하고 싶으면 해도 돼."

"네 주변에 이미 널 좋아하는 사람이 있는데? 네가 어떻게 하느냐에 따라 그 사람과 잘될 수도 아닐 수도 있어. 네가 하고 싶은 대로 행동하면 돼."

얘기를 듣고 있자면 하나의 결론에 도달했다. 뭐가 되었든 선택은 스스로 해야 한다는 것. 정해진 성질이나 운이 있을 수 있되, 내 행동에 따라 결과는 바뀔 수 있다는 것.

그걸 깨달은 뒤에는 사주나 타로, 흔한 별자리나 띠 운세도 보지 않았다. 고민이 있을 때는 사람들에게 조언은 구하되 답은 청하지 않았다. 나는 내게 물었다.

"진정으로 하고 싶은 게 뭐야?"

"그걸 택해야 하는 이유는 뭔데?"

"잘할 수 있겠어?"

묻는 것도, 답하는 것도, 행동하는 것도 나였다.


할아버지가 준 도화지는 잘 접어 어딘가에 뒀다. 아니라고 생각하면서도, 나중에 정말 그 같은 일이 생길까 궁금했다.

—

## 잠자는 법을
## 까먹어 버린 밤

바빠서 잠을 제대로 자지 못했다. 바쁜 게 끝나고 나서
는 새벽 내내 영화를 보거나 책을 읽었다.

'잠은 어떻게 자는 거였지?'

'어떤 자세가 편했더라?'

'숨은 어떻게 쉬었지?'

'어떤 베개가 좋지?'

'머리는 어디에 두지?'

'자기 전에 어떤 생각을 하더라?'

잠자는 법을 까먹었다. 자기 전이 가장 또렷하다. 창의적이고 계획적인 생각이 떠오른다. 내일 있을 일, 모레의 약속, 일주일 뒤의 일정, 1년 뒤의 상황. 모든 걸 시뮬레이션하고 행동과 분위기, 대화를 계획한다. 대사를 짜고 말을 다듬는다.

아이디어가 떠오를 때면 불을 켜 메모를 해야 하나 고민한다.

'그렇게 하면 잠이 달아날 텐데.'

일어날까 말까.

'잠을 못 잤으니 잠이 더 중요해.'

다음 날이면 하나도 기억나지 않는다, 머릿속은 밤보다 까매진다.

'일어나 메모를 했어야 했나.'


사촌 오빠도 늘 새벽에 잔다고 했다. 안 자고 뭐 하냐고 물었더니 미래에 대한 걱정과 고민을 한다고 답했다. 있어 보이는 말에 비웃곤, 나도 그 말을 따라 하곤 했다.

"새벽까지 깨어 있는 이유요? 미래에 대한 고민 때문이죠."


현실과 동떨어진 상상을 하면 금방 잠에 들곤 했다. 내가 한국이 아닌 낯선 나라에 살고 있다던지, 다른 전공과 다른 직업을 가진 채 일하고 있다던지, 말도 안 되는 곳으로 여행을 간다던지, TV 프로그램의 진행자가 된다던지.

현실과 다른 미래를 상상해야 잠이 드는데, 최근에는 현실만 생각한다. 지나치게 현실적이어서 상상은 계획이 된다. 계획은 할수록 선명해진다. 잘 수가 없다. 세 시에 자려고 누워 여섯 시가 다 되어서야 잠이 든다.

명상을 틀어 놓고, 음악을 반복하고, 안대를 끼고, 암막 커튼을 치고, 귀마개를 끼기도 한다. 하지만, 그것들과 상관없다. 팽팽 돌아가는 머릿속을 꺼야 한다. 생각은 꼬리를 물고 꿈속까지 따라와 팽창한다. 미처 돌아 버리는 줄 알았다. 제까짓 게 우주라도 되는 줄 안다.


잠자기 전 계획을 세우는 건 언제부터 그랬던 걸까. 또다시 생각을 했다. 대학생 때 혼자 살기 시작하면서부터였는데, 누구 하나 나를 채근하는 사람이 없으니 스스로 일을 하기 위해서였던 것 같다. 자려고 침대에 누워 구체적인 물음과 답을 반복했다.

내일은 열두 시에 수업이 있으니까 열 시에 일어나자. 그때 일어나기 위해 10분 단위로 알람을 다섯 개 맞춰 놓는다. 일어나서 씻는 데 30분, 준비하는 데 30분, 걸어가는 데 15분이 걸리니까 샌드위치 사는 시간을 더해 25분 전에 출발하자. 그럼 그전까지는 집 청소를 할 수 있겠다.

가방은 챙겨 놨나? 책상 위에 가방에 넣을 걸 다 올려 뒀다. 뭘 입을 거지? 미리 다 정해 놨다.

수업은 두 시 45분에 끝난다. 버스 정류장까지 10분, 버스 타고 지하철까지 15분. 재료를 사러 동대문에 가야 하니까, 5분 더 가서 1호선에서 내리자. 상가 마감이 일곱 시니까 시간은 여유 있겠다.

지하철로 30분 가면 목이 타니까 그 앞 카페에서 커피를 한 잔 사고, 길 건너 ATM기에서 현금을 인출해야지.

뭘 사야 했더라, 아, 그래 실. 학교에 가자마자 필요한 색을 기록해야지. 자수용 실을 사야 하니까 A동으로 가자. 엘리베이터에서 내려 왼쪽으로 꺾고, 오른쪽, 왼쪽.

그 다음엔 뭘 하지. 배고프면 길 건너에서 햄버거를 먹고, 교보문고에 가서 책을 좀 볼까, DDP에서 멍 좀 때릴까, 학교에 가서 작업을 더 할까. 학교까지는 다시 한 시간, 작업은 두 시간쯤 할 수 있을 거고, 집에 가서 청소, 쉬기, 과제. 그래 학교로 가자.


커피를 마시지 않았다. 잠을 못 자는 건 똑같고 카페인 섭취를 하지 않아서 머리만 아팠다. 그 영향인지, 쉽게 예민해지고 지쳤다. 머리가 지끈거리고 눈이 뻑뻑했다. 친구들이 뭐라고 말을 하는데 잘 이해되지 않았다. 속이 울렁거려 더 잠들 수 없었다.


그제는 한 시에 누웠다. 예약 정지가 끝난 음악을 네 차례 다시 설정했다. 생각을 그만하자 생각을 그만하자 하고 또 생각하며, 생각을 그만한다는 건 어떤 거지? 생각하며, 생각을 하지 않는다는 건 어떤 걸까 생각했다. 머릿속이 《너무 시끄러운 고독》 같다. 줄지은 독백이 부담되어 덮었던 책. 나는 내 생각들이 부담스럽다.

어제는 스무 시간쯤 깨어 있었나. 날이 덥지 않으니 문을 꽁꽁 닫고 암막 커튼을 쳤다. 편백나무 베개를 꺼냈다. 노래는 한 곡 반복으로 예약을 맞춰 놨다. 알람은 맞추지 않았다.

그리고 깊게 오래 잤다. 자고 일어나니 지끈거리는 두통도 울렁임도 사라졌다. 뻐근하던 턱도 잘 돌아갔다.

다섯 시가 되고 있다. 자야 한다는 생각이 들지 않는다. 잘 잔 덕에 힘들지도 피곤하지도 않다.

나는 못 자는 건가 안 자는 건가, 의식적으로 생각하는 걸까 무의식적으로 생각하는 걸까, 잠을 자고 싶은 걸까 자고 싶지 않은 걸까. 또 다시 생각에 빠져 밤잠을 이루지 못했다.

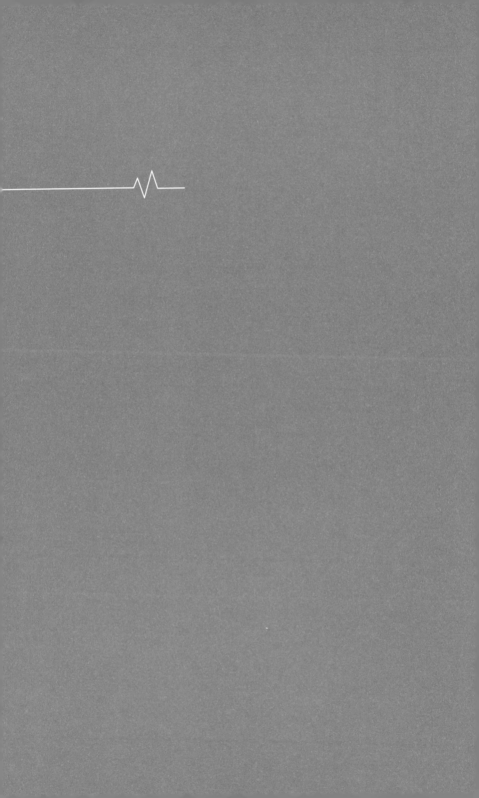

# 3부

'힘들지',
한마디가 듣고 싶었을 뿐

## 나만 길을 잃고
## 헤매는 것 같다


복학했다. 친구 대부분이 졸업하고 떠난 어색하고 허전한 학교로 말이다. 기대거나 이야기 나눌 수 있는 사람이 없어서 스스로에 대한 책임이 늘어났다.

'수업에 관해서 물어볼 사람이 없으니까 잘 듣고 메모해야지.'

'얘기할 사람이 없으니까 내 감정은 내가 잘 컨트롤해야 해.'


새로 옮긴 자취방에서 학교까지는 걸어서 15분 거리였다. 근처에 있는 서울과학기술대학교 역시 15분이면 걸어갈 수 있었다. 거리도 가까웠고, 4학년이 되자 웬만한 교양 수업은 다 들어서 다른 걸 듣고자 학점 교류를 신청했다.

새로운 환경에 신입생이 된 것처럼 들뜨고 설레었다. 1학년을 대상으로 개설된 강의인 걸 알고, A+는 내가 받겠다는 생각에 속으로 쾌재를 부르기도 했다.

하지만 새로운 환경이 주는 설렘도 잠시, 두근거림이 멈추지 않았다. '커피 때문인가?' 하고 생각했지만 한 모금밖에 마시지 않은 커피가 컵 안 가득 찰랑거렸다. 내 떨림을 강의실 안에 있는 사람들에게 들킬까 봐 걱정됐다.

심장이 터질 것 같았다. 어지러웠다. 유리 벽에 가로막힌 듯 교수님의 목소리가 웅웅거렸다. 쓰러질 것 같았다. 밖으로 나갈까 싶었지만, 수업 내용이나 안내 사항을 전달해 줄 사람이 없었다. 더욱이 여긴 우리 학교도 아니다. 긴장한 것 치고 과하다는 생각이 들었을 때, 긴장이 아닌 불안이라는 걸 알았다.

수업이 끝나자마자 문을 열고 캠퍼스에 있는 연못으로 향했다. 오래된 물이 고여 있는 쾌쾌한 냄새 때문에, 햇빛 좋은 날씨에도 사람들이 찾지 않는 곳이었다. 왼손으로 핸드폰 액정을 가리며 검색했다.

'심장이 빨리 뛰어요', '숨이 차는 느낌', '심한 불안감'. 그리고 공황장애에 관한 증상을 봤을 때, 내가 가진 불안이 그것과 맞아떨어진다는 걸 알았다. 보통과 다른 이상한 느낌에 어느 정도 예상했던 일이었다. 고개를 들어 연못을 보자 반사된 햇빛에 눈이 시렸다.

공황장애, TV만 틀면 연예인들이 완치했다며 말하던 병 아닌가? 방송을 쉬다가 평소와 같은 모습으로 나온 연예인, 공황이 올 것 같다며 웃는 예능 속 방송인들이 떠올랐다.

'그래, 별것 아닐 거야. 내가 마음만 편히 먹으면 아무것도 아닐 걸?'

심호흡하며 다시 뛰어든 일상은, 곧 무기도 방패도 없이 나간 전장이 되었다. 무서운 곳이 많아졌다. 나는 빛이 들지 않는 구석에 숨어 언제든 도망갈 준비를 했다.


더 이상 버스를 타지 않았고, 강의실에서는 밖에 나가기 쉽도록 뒷문 바로 옆에 앉았다. 영화는 집에서 보는 게 제일이라며 안주했고, 사람이 붐비는 곳에는 발을 들이지 않았다. 혼자 있는 시간이 대부분이었고 그게 편하다고 생각했다.

힘들어 하는 곳을 하나씩 제하고 보니 내게 안전한 장소는 자취방 하나가 전부였다. 그래도 따뜻하고 포근한 이불이 있어 다행이라고 몸을 뉘었을 때, 거대한 두려움과 떨림이 덮쳐 왔다. 현관문을 열고 뛰쳐나갔다.

해가 건물 사이로 뉘엿뉘엿 지고, 사람들이 바쁘게 길거리를 오가고 있었다. 나만 길을 잃고 헤매는 것 같았다. 하늘이 온통 주황색으로 물들자 발밑에서 시작하는 그림자가 점점 커다래졌다. 검은색에 잡아먹힐 것 같았다.

—

## 처음 상담실에
## 갔던 날의 기억

상담실은 네 면으로 이뤄진 작은 방이었다. 창문 하나 없는 새하얀 벽. 시선을 어디에 둬야 할지 한참을 헤맸다. 책상 끄트머리에는 휴지가 놓여 있었다.

병원에 가기엔 눈치가 보였고, 상담 센터에 가기엔 돈이 없었다. 그렇다고 혼자 감당하기엔 버거웠다. 그때 학교에서 학생들을 위해 무료로 상담실을 운영한다는 걸 알았다. 진로나 학업 상담부터 트라우마와 성폭력, 정신과 상담까지 해 준다고 했다. 내겐 가장 큰 용기이자 당장 할 수 있는 유일한 일이었다.

상담 전 몇 가지 검사와 설문지를 작성했다. 50여 분간의 검사를 끝내고 안내에 따라 작은 방에 들어갔다.

"어떤 이유로 오게 되었는지 구체적으로 말해 줄래요?"

선생님이 종이 위에 날짜와 내 이름을 적으며 물었다.

"버스 타는 게 무서워요, 강의실도 그렇고요. 밀폐된 곳, 사람이 많은 곳에서 두근거리고 숨이 막혀요. 자꾸만 자제력을 잃고 죽을 것 같아요."

대답하며 책상 위에 놓인 휴지를 찾았다.

"자제력을 잃는다거나 죽을 것 같다는 게 어떤 거죠?"

"제가, 제가 아니게 될 것 같아요. 미쳐 버릴 것 같고, 심장 마비로 죽을 거라는 생각에서 벗어나기가 힘들어요."

증상을 기록하는 선생님의 손이 쉴 틈 없었다. 바삐 움직이는 모습을 보니 나와 눈을 마주칠 여력이 없어 보였다. 나는 잠시 뜸을 들이다가 이어 말했다.

"정말 무서웠던 적이 있어요. 새벽에 불안하고 떨려서 베란다로 바람을 쐬러 나갔거든요. 순간 이성을 잃고 난간 밖으로 뛰어내릴 것 같았어요. 죽은 저를 발견하는 사람들을 상상했어요. 그게 현실이 될까봐 방에 들어가 커튼을 쳤어요."

나는 벽 앞에 작은 창문을 두고 죄를 고백하는 것 같았다. 신부 앞에서 고해성사를 하는 것 같기도 했고, 판사 앞에 선 죄인 같기도 했다.

"그렇군요, 병원에 가 본 적 있나요?"

"아니요."

"상담 센터에 다녀 본 적은요?"

"없어요."

"다른 사람에게 이 얘기를 한 적 있나요?"

"아니요, 처음이에요."

"증상이 있은 지는 얼마나 됐죠?"

"1년 반에서 2년쯤이요."

"죽고 싶다거나 안 좋은 생각을 해 본 적 있나요?"

"아니요, 저는 죽는 게 무서워요."

종이와 펜에 시선을 고정한 채 선생님이 기계적으로 물었다. 취조당하는 기분이었다.

"앞으로 선생님과 상담을 하는 건가요?"

"글쎄요. 예안 씨 검사 결과를 보고 진행되는 거라, 저와 할 수도 있고 다른 선생님과 할 수도 있어요."

다른 선생님으로 바뀌었으면 좋겠다고 생각했다.


"이건 그냥 절차 같은 건데요."

선생님이 종이 한 장을 내밀었다. 자살을 하지 않겠다는 서약서였다.

"저는 자살을 할 생각이 전혀 없는데요…."

당황한 내가 말했다.

"부담스럽게 생각하지 말아요. 형식적으로 받는 절차일 뿐이에요."

선생님이 처음으로 나와 눈을 맞춰 왔다.

"아니요, 저는 삶에 대한 의지가 강해요. 오래 살고 싶어요. 여기 온 이유도 죽을까 봐 무서워서예요. 그런데 제가 왜 이걸 써야 해요?"

낙인찍힌 것 같았다. 이 사람은 나를 어떻게 보고 있을까.

"진정해요. 예안 씨뿐만 아니라 여기 오는 모든 학생에게 이 서약서를 받고 있어요. 위험한 생각을 하는 친구에게 우리가 도움이 되기 위해서요. 그럴 생각이 없다면 아무 일도 일어나지 않을 테니까 사인을 해도 되지 않을까요? 그래야 상담을 할 수 있어요. 비밀 유지되니까 걱정하지 말고요."

서약서에는 이런 내용이 적혀 있었다.

상담 기간에 절대로 자살하지 않겠다는 다짐. 나쁜 생각이 들 때면 상담실에 전화하겠다는 약속. 그런 상황일 때 상담실에서 부모님께 연락할 수 있다는 동의.

결국, 서약서에 이름을 적었다. 그리곤 누가 볼까 봐 여러 번 접어 두꺼운 책에 껴 놓았다. 짐을 덜고 싶어 찾은 곳에서 도리어 무거움을 얻었다. 괜한 걸음을 한 것 같았다.

—

## 말 한마디에
## 터져 버린 눈물

상담실에 갈까 말까 수십 번 고민했다. '선생님이 바뀌
었을까?' 지난번처럼 나를 보지 않고 질문만 한다면 갈 이유가 없었다.

**상담 선생님**  안녕하세요. 오늘부터 제가 예안 씨와 상담을 할 거예요.
상담하면서 불편하거나 힘들 수도 있는데, 그때그때 편
하게 얘기해 주세요. 또, 저랑 맞지 않는다고 느끼면 상
담실에 전화해 상담사를 바꿔 달라고 얘기하면 돼요.

다행이었다. 지난번과 다른 선생님이 눈을 맞춰 오며 인사했다.

| | |
|---|---|
| 상담 선생님 | 요즘 어때요? 학교생활은 괜찮아요? |
| 나 | 이번에 복학했거든요. 오랜만에 학교에 오니까 좀 낯설어요. |
| 상담 선생님 | 휴학을 했었나 봐요? |
| 나 | 네, 지쳐서 좀 쉬고 싶었어요. |
| 상담 선생님 | 어떤 점이 지쳤나요? |
| 나 | 맞지 않는 전공 수업을 듣는 것도, 인간관계에서도 지쳤다고 생각했어요. |
| 상담 선생님 | 원래 생각에 없던 전공을 하게 된 건가요? 아니면 배워보니 싫어진 건가요? |
| 나 | 공예 전공인데, 원래부터 뭘 만드는 걸 싫어했어요. 그래도 학교는 좋아요. 전공 생각 안 하고 학교만 보고 왔거든요. |
| 상담 선생님 | 학교가 좋다니 그래도 다행이네요. 인간관계에서도 지쳤다고 했는데 그건 어때요? |
| 나 | 사람들 감정이나 분위기에 민감하거든요. 피곤했어요, 같은 집단이지만 서로 다른 이해관계를 가진 것들이요. |
| 상담 선생님 | 예안 씨가 설문지에 갈등 상황을 좋아하지 않는다고 썼어요. 관계에서 지쳤다는 말과 비슷한 것 같아 궁금하네요. |

| 나 | 네, 갈등이 싫어요. 감정이 소모되는 게 싫거든요. 제 감정 하나 추스르는 것도 벅차서 외적인 것까지 신경 쓰고 싶지 않아요. |
|---|---|
| 상담 선생님 | 그런 상황이 생겼을 때는 어떻게 하나요? |
| 나 | 피해요, 피하지 못하면 상대가 뭘 원하는지 보고 맞춰 줘요. |
| 상담 선생님 | 상대를 잘 배려하나 봐요. |
| 나 | 아니요, 눈치를 많이 보고 불편한 게 싫어서 그래요. |
| 상담 선생님 | 그 부분이 오히려 상대방을 이해하는 장점이 되는 것 같은데요. |

| 상담 선생님 | 설문지에 스트레스를 받으면 신체적으로 나타난다고 체크했는데, 어떤 게 있어요? |
|---|---|
| 나 | 소화 기관이 움직이지 않아요. 신경성 위염이랑 과민 대장 증후군도 있어요. |
| 상담 선생님 | 그 문제를 해결하려고 시도해 본 적 있어요? |
| 나 | 내과, 한의원 여기저기 다 다녔어요. 좋다는 음식도 먹고 강남에 있는 한의원에 석 달 동안 다닌 적도 있어요. |
| 상담 선생님 | 병원에 다니면 좀 나아지던가요? |
| 나 | 괜찮다 싶다가도 곧 돌아와요. |

| | |
|---|---|
| 상담 선생님 | 힘들었겠네요. 그럴 때 기분은 어땠어요? |
| 나 | 힘들었겠다는 말 처음 들어 봐요. 서럽고 답답했어요. 나는 왜 이 모양일까 싶었어요. |
| 상담 선생님 | 본인을 자책하는 마음이 들었나요? |
| 나 | 네, 모든 곳에서 모든 사람이 제가 예민해서 그렇다고 했어요. 남들 다 똑같이 사는데 나는 뭐가 어렵고 힘든 걸까 하고 스스로가 못났다는 생각을 했어요. |
| 상담 선생님 | 같은 삶을 살더라도 더 예민한 사람이 있고, 더 무딘 사람이 있을 뿐이에요. 누가 더 잘났고 못난 건 없어요. |
| | |
| 상담 선생님 | 상담실에 온 이유에 대해 들었지만, 다시 한 번 얘기해 줄 수 있어요? |
| 나 | 이유 없이 죽을 것 같다는 생각이 들어요. 불안해서 일상생활이 힘들어요. |
| 상담 선생님 | 주로 어떤 곳에서 그런가요? |
| 나 | 버스에서 특히 심하고요. 영화관, 강의실, 백화점, 새벽에 제 방이요. |
| 상담 선생님 | 주로 밀폐된 곳이네요. 지금 말하는 건 공황장애로 나타나는 증상이에요. 알고 있나요? |
| 나 | 네, 대충 알고 있어요. |

| 상담 선생님 | 예안 씨는 이미 일상생활에 제약이 생겼기 때문에 약물 치료를 권하고 싶은데, 혹시 생각 있나요? |
| --- | --- |
| 나 | 어… 아니요. |
| 상담 선생님 | 약에 대한 거부감이 드나요? |
| 나 | 아니요, 병원에 가고 싶다는 생각을 했어요. 그런데 부모님이 이해해 주실까요? 몰래 다니고 싶은데, 부모님 연말 정산서에 제가 다닌 병원 내역이 뜨는 걸 봤어요. 그럼 들키는 거잖아요. 그리고 제 보험 담당자가 큰엄마예요. 큰엄마가 알게 되면 온 가족이 다 알게 될 거예요. 저는 그냥 상담만 받을래요. |
| 상담 선생님 | 그렇군요. 그럼, 상담을 통해 어떤 도움을 받고 싶어요? |
| 나 | 저를 좀 이해하고 싶어요. 도대체 왜 이러는 걸까. |
| 상담 선생님 | 음, 예안 씨가 받아들일 수 있는 자극이 수용치를 벗어난 건데요. 세면대를 한번 떠올려 보세요. 물은 스트레스 같은 자극이에요. 수도꼭지를 열고 닫으면서 물이 나올 때도 있고, 그렇지 않을 때도 있잖아요. 예안 씨는 그 수도꼭지가 고장 난 거예요. 조금씩 물이 채워지다가 받아들일 수 있는 공간의 한계가 찾아와 흘러넘친 거예요. |

선생님은 고장 난 내게 물을 비워 낼 방법으로 명상을 권했다. 마음이 동하지 않았지만 알겠다고 대답했다. 상담실을 나오니 50분이 지나 있었다.

상담 내내 반복되는 질문이 부담스러웠다. "그럴 때 기분이 어땠나요?" 같은 물음에 일부러 부정적이고 불쌍하게 대답해야 하나 싶기도 했다. 떠오르지 않는 그때의 감정과 생각을 지어 내야 했다.

그래도 "힘들었겠네요"라는 말은 좋았다. 듣고 싶었지만 들어 본 적 없는 말이었다. 나를 위로하는 선생님의 말이 다정했다. 상담실 책상 위에 왜 휴지가 놓여 있는지 이해가 됐다. 고장 난 수도꼭지에서 떨어지는 물을 연신 닦았다.

—

## 나는 할머니를 미워하는
## 내가 밉다


어렸을 때는 일요일을 싫어했다. 아빠가 회사에 가지 않아 셋이 함께할 수 있는 유일한 시간이었지만, 할머니는 늘 우리를 불렀고 가지 않으면 불호령이 떨어졌다.


큰집 차를 타고 놀러 간 적이 있다. 멀미가 심했던 터라 머리가 아팠다. 아빠 차였다면 쉬었다 가자고 얘기했겠지만, 고개를 숙여 눈물만 뚝뚝 떨궜다. 그런 나를 발견한 엄마는 눈치가 보여 말을 하지 못했냐고 물었다. 나는 고개를 끄덕였다.


할머니가 우리 집에 와서 나를 봐 주던 때가 있었다. TV가 나오지 않아서 할머니에게 고쳐 달라고 했다. 기계를 다룰 줄 모르는 할머니는 아무것도 하지 못했고, 나는 빨리 고쳐 달라고 징징거렸다. 짜증이 난 할머니는 가방을 들고 집에 가겠다며 화를 냈다.

그때 엄마는 아파서 병원에 있었고, 아빠는 집보다 회사에 있는 시간이 많았다. 나는 엉엉 울면서 할머니에게 가지 말라고 빌었다. 아무도 없이 혼자 있는 게 제일 무서웠다. 할머니는 그때가 재밌었는지 내 얼굴만 보면 그 얘기를 한다.

명절에 큰집에 갔을 때, 안방 문틈으로 엄마가 울고 있는 게 보였다. 할머니가 엄마에게 아이를 더 낳으라고 말하고 있었다. 아이를 갖지 못하는 걸 알면서도 아들을 낳으라고 말했다.

할머니는 다른 형제들과 달리 막내아들인 아빠에게 딸 하나만 있는 걸 늘 못마땅해했다. 내가 아들이었다면 엄마가 저기서 울고 있지 않았겠지, 원망스러웠다. 할머니는 나를 가치 없는 사람으로 만들고 엄마의 상처를 난도질했다.

아프기도 했지만, 외동인 내게 친구와 형제자매 모든 게 되어 준 엄마는 내게 절대적인 애착 대상이었다. 그래서 엄마의 상황에 더욱 민감했고 내 상처에 엄마의 상처를 더해 감정의 골이 깊어졌다.

명절에는 늘 눈치를 봤다. 나이 차가 큰 탓에 언니 오빠와 어울리지 못하고 늘 구석에 있었다. 밥상이 차려지면 할머니는 오빠들만 데리고 남자 밥상으로 향했다. 나는 엄마가 나를 챙기러 올 때까지 기다렸다가, 남자 밥상의 끄트머리로 가거나 부엌일이 끝난 큰엄마와 언니가 있는 여자 밥상으로 갔다.

오빠들보다 잘난 사람이 되고 말겠다고 생각했다. 더 좋은 학교, 좋은 직장에 가고 싶었다. 아들만 좋아하는 할머니에게 그보다 잘난 사람이 된 모습을 보여 주고 싶었다. 다행히 오빠들은 공부에 소질이 없었다. 그런데도 왜 나보다 나아 보일까.


큰집의 언니 오빠가 결혼해 아이를 낳았다. 딸, 딸, 딸이다. 내 바람이 이뤄졌나 보다. 그런데 같은 딸이라도 첫 손주의 딸은 달랐다. 밥을 먹기 전 '아멘' 하고 기도를 했다. 아프던 애가 교회에 다닌 후로 나아졌다는 이유였다. 어릴 적 교회에 다니던 내게는 '넌 교회 다니니까 명절에 절하러 오지 마'라고 말했었다. 괜히 조카가 미웠다.

중학생 때는 큰아빠가 돌아가셨다. 그때부터 할머니의 기가 꺾였다. 세상에서 가장 불쌍한 사람임을 자처했다. 늙고 쇠해 이빨이 다 빠진 호랑이가 되었다. 내 손을 붙잡으며 당신이 얼마나 복 없는 사람인지 이야기했다. 그동안 할머니를 미워하는 마음이 정당했는데, 그런 내가 나쁜 것 같았다.

아흔을 훌쩍 넘긴 할머니의 팔다리가 뼈만 남아 얇은 거죽이 덮었다. 그 모습이 안쓰럽고 애석하다. 그래도 나는 여전히 할머니가 밉다. 엄마와 나는 여전히 옛날얘기에 눈이 벌게진다.

할머니가 돌아가셨으면 좋겠다는 생각을 했었다. 장례식장에서 내가 울고 있을까? 울고 있다면 슬퍼서일까, 남들을 따라 우는 걸까.

아마 죄의식 때문일 거다, 죄책감과 다르다. 나는 이런 마음을 품는 게 죄를 짓는 것 같다. 아빠에게 미안하다.


상담 선생님은 괜찮다고 말했다. 누구나 상처를 받으면 그런 생각을 한다고, 잘못된 게 아니라고 말이다. 그 말은 내게 와 닿지 않았다.

누가 봐도 한껏 야윈 할머니의 모습, 그런 할머니를 미워하는 나.

나는 그런 내가 더 밉다.

—

## 나도, 남도
## 괴롭히고만 오해

어떻게 지냈냐는 상담 선생님의 물음에 인상을 잔뜩 구긴 채 대답했다.

"층간 소음에 시달리고 있어요. 아무래도 정신병자인 것 같아요. 조현병 이런 거요."

복학을 위해 새로운 자취방을 얻었다. 전에 살던 집은 낮은 층이라 시끄러웠고, 창문을 열면 다른 건물의 벽으로 막혀 아침에도 형광등을 켜야 했다. 그래서 이번 집은 까다롭게 골랐다. 남향이라 채광이 좋았고, 두 개의 창문을 열어 놓으면 바람이 살랑살랑 지나다녔다. 4층이라 거리의 소음과도 멀었고, 탁 트인 하늘이 보여 마음에 들었다.

졸업 작품 준비로 새벽에 깨어 있었는데, 위층에서 '쿵' 하는 소리가 들렸다. 뭘 떨어뜨렸나 했는데 또다시 '쿵', 그러더니 '드르륵', '밤늦게 가구를 옮기나?' 하고 생각한 게 시작이었다.

다음 날 새벽에도 크고 무거운 게 떨어지는 소리가 났다. 뒤이어 '드르륵' 하고 굴러가는 소리가 들렸다. 소리는 늘 새벽 한 시부터 시작됐다. 일찍 자려고 누웠다가도 경기하며 일어났다.

원룸 로비에 조용히 하라는 포스트잇을 붙였다. 그래도 나아지지 않는 소리에 화가 나서 리모컨으로 천장을 마구 쳤다. 잠잠해지더니 또다시 '쿵', '드르륵'.

건물 사장님께 소음에 관해 얘기했다. 사장님은 본인이 알아 보겠다며 위층 옆 비어 있는 집에서 하룻밤을 보냈다. 그리고 내게 말했다.

"아무래도 위층 학생 정신이 이상한 것 같아. 새벽이 되니까 아령 같은 걸 굴리는 것 같더라고. 일단 주의를 줬으니까, 계속 그러면 내가 그 학생 부모님께 말할게."

겁이 났다. 정신이 이상하다니 조현병일까. 내가 시끄럽다고 해서 화가 났으면 어쩌지? 사장님이 내 얘기를 했을까?

주의를 줬다는 말이 무색했다. 소리가 시작되는 시간이 빨라졌다. 밤 열 시부터 새벽 세 시까지. 층간 소음으로 일어나는 범죄에 뼈저리

게 공감되기 시작했다. 화가 나서 위층에 올라갔다. 현관문 앞, 안쪽에서 여전히 소리가 들리는데 초인종을 누를 수 없었다.

늦은 새벽, 나는 여자였고 위층 사람은 남자였다. 무엇보다 위층 사람의 정신이 이상한 것 같아 무서웠다.

뉴스에서 보던 조현병 범죄가 생각났다. 해코지를 당할지도 모른다는 생각에 아무것도 하지 못했다. 집에 돌아와 사장님께 한 번 더 주의를 달라고 부탁했다.

자극이 된 걸까, 소리가 잦아졌다. 마음에 들었던 자취방이 끔찍해졌다. 소음이 주는 공포와 불안은 크고 강했다.

내 얘기를 들은 아빠가 직접 사장님께 전화했다. 어린 여자애가 말하는 것보다 어른 남자가 말하는 게 힘이 있을 거라는 엄마의 의견이었다. 사장님은 윗집에 단단히 경고하겠다며, 새벽에도 달려와 도와줄 테니 언제든 전화하라고 말했다.

밤이 되었다. '쿵' 소리와 동시에 심장이 바닥으로 떨어졌다. '드르륵' 소리와 함께 온 신경이 갈려 버렸다.

새벽이 되도록 소리가 멈추지 않아 사장님께 전화를 걸었다. 날카로운 기계음이 들렸다. 근처 파출소에 전화를 걸었다. 모두 받지 않았다. 고민하다 112를 눌렀다. 직접 해를 끼친 게 아니라 해 줄 수 있는 게 없다고 했다.

그날은 저녁 일곱 시부터 소음이 시작됐고, 공포에 질린 나는 본가로 도망쳤다. 다음 날은 1교시여서 학교에 가려면 새벽 다섯 시에 일어나야 했지만, 한시라도 그 공간에 있을 수 없었다.

주변 사람들에게 이 이야기를 했지만, 다들 별일이라며 웃어넘겼다. 수업을 같이 듣는 동기는 뭘 그런 거로 오버하냐며 이해가 안 된다는 표정을 짓기도 했다. 내가 유난스러운 사람이 된 것 같았다. 내가 아닌 그들에게 이 일이 생긴다면 별 문제가 안 될 것 같았다.

| | |
|---|---|
| 나 | 정신에 이상 있는 애 같다고 했어요. 조현병인가 봐요. 저를 해치려고 하면 어떡해요? 사장님이 걔네 부모님한테 연락했거든요. 저한테 보복하면 어쩌죠? 무서워요. 뉴스에 많이 나오잖아요. 조현병 환자 칼부림이요. |
| 상담 선생님 | 그건 오해예요. 와전되고, 자극적이게 편집된 게 많아요. 실습 가서 조현병이 있는 학생을 만난 적 있어요. 나뭇가지를 들고 있었거든요. 낯선 사람들이 위협할까 봐 본인을 지키려고요. 어떤 이유에서 온 건지 설명해 줬더니 나뭇가지를 내려놓았어요. 방금 말했던 학생은 심한 경우지만, 그 경우를 제외하고는 약만 잘 챙겨 먹으면 일상생활에 문제가 없어요. 완치가 가능한 병이에 |

요. 조현병이 누군가를 해하려는 병이 아닌 걸 알아 줘요. 윗집이 조현병을 앓고 있더라도 예안 씨를 해하는 일은 없을 거예요.

선생님이 길게 얘기했음에도 내 생각은 여전했다. 원룸이 있는 골목에 들어서기만 해도 누군가가 나를 죽일 것 같은 불안에 시달리던 때였다.

며칠 뒤, 사장님과 위층 부모의 상의 끝에 윗집은 이사를 갔다. '쿵'과 '드르륵'에서 해방된 것이다.

지금 생각해 보면, 지나치게 반응했던 것 같기도 하다. 윗집 때문에 고통스러웠던 건 사실이지만, 피해망상에 시달린 건 조현병에 대한 편견과 두려움, 불안한 내 심리 상태 때문이었다.

공황장애에 관해 알고자 가입한 커뮤니티에서 다양한 사람들을 봤다. 강박증, 우울증, 사회공포, 거식증, 조현병, 폐소 공포. 다른 병을 앓고 있지만 같은 공간에서 서로를 응원하고 위로했다.

커뮤니티에서 본 조현병 환자들은 약물치료를 받으면 일상생활에 지장이 없다고 했다.

언론에 나오는 사건은 중증 조현병 환자가 약을 무단으로 끊어 생기는 드문 일이며, 대부분 심신 미약으로 감형받기 위해 정신병을 핑계

삼는 거라고 했다. 그 영향으로 자리 잡은 잘못된 시선과 우려에, 누군
가에게 말하기도 겁나고 병원에 가기도 겁난다고 했다.

미안했다. 나쁘고 무서운 병이라는 고정관념을 쌓아 올려 나도, 남
도 괴롭힌 것 같았다. 잘 알지도 못하면서.

—

## 나는 나를
## 표현하는 게 어렵다

상담 선생님은 내게 그림이 어떤 의미인지 물었다. 그림은 나와 아주 오래된 사이여서, 어떤 관계인지 생각해 본 적 없었다. 곁에 있는 가족처럼 의미를 생각하지 않고, 그저 당연한 존재라고 생각했다. 그림, 그건 내게 무엇일까.

어릴 때, 교내 미술 대회에서 상을 받고 그림에 자신감이 생겼다. 지역 사생 대회에 참가했다. 내가 크레파스로 열심히 색을 칠할 때, 미술학원에 다니는 친구들은 도화지에 붓질을 했다. 붓이 지나는 자리마다 초록빛 나무가 심어졌다. 크레파스 똥이 덕지덕지 묻은 내 그림이 창피해서 허둥지둥 빈 곳만 채우고 자리를 피했다.

미술 학원에 다니게 되었다. 어떤 걸 배워 볼까 고민하다가 물감을 쓰던 친구들이 생각나서였다. 학년이 올라가면 그만둘 줄 알았는데, 생각보다 재밌어서 꾸준히 그림을 그렸다. 도화지가 쌓이고 물감이 닳을수록 상장의 개수가 많아졌다. 선생님들의 자랑이 되고 조회 시간에 상을 받는 게 좋았다. 나를 모르는 사람들이 '그림 잘 그리는 애?', '매일 상 받는 애?' 하고 나를 칭하는 것에 들떠 있었다.

주변의 기대치가 높아졌다. 고학년이 되자 하루에 네다섯 시간씩 학원에서 그림을 그려야 했다. 규모가 큰 상을 받아 담임 선생님께 교육 자상이 수여됐을 때는, 더 이상 혼자만의 만족으로 그림을 그릴 수 없게 되었다. 학교 선생님들은 미술 대회가 있을 때마다 내게 먼저 소식을 전했고, 학원 선생님은 나를 예고에 보내고자 계획하고 있었다.

그림 그리기가 싫어서 한참을 쉬었다. 쉬다 보면 손이 간지러워 다시 그림을 그리러 학원에 갔다. 새로 온 선생님이 스케치 검사를 해 줬다. 형태가 틀렸다며 내 그림을 다 지우고 본인의 선으로 종이를 채웠다. 내가 지워진 것 같았다.

그날로 미술 학원에 가지 않았다. 내가 갈피를 잡지 못하는 동안 같이 그림을 그리던 솔이는 예고에 진학했다.

고등학생이 되어서는 수채화가 아닌 디자인 입시를 배웠다. 순수 미술을 배워 작가가 되고 싶다는 내게 "예안아, 50살이 되어서도 부모님께 용돈 받고 싶니? 네가 부잣집 딸이면 해도 돼"라던 학원 선생님의 말 때문이었다. 할아버지도 늘 그림쟁이는 배고프다고 했으니, 하고 싶은 그림을 그리려면 적어도 돈을 벌 수 있는 방향으로 바꿔야 했다.

수채화가 익숙했던 탓에 디자인 입시가 낯설었지만, 곧 익숙해졌다. 잘하고 싶은 욕심이 생겨, 학교가 끝나자마자 김밥을 사 들고 미술 학원에 갔다. 성적은 별로였지만 실기를 잘하니 괜찮다는 주위의 말을 듣고 모든 대학에 상향 지원을 했다.

가군에서 떨어지고 뒤에 남은 모든 시험을 말아먹었다. 그림은 망가졌고, 긴 슬럼프가 찾아왔다. 좋아하고 잘할 수 있는 일이 생각대로 되지 않았을 때의 좌절감은 생각보다 컸다.

재수생이 되었다. 함께 그림을 그리던 친구가 서울에 있는 학원으로 떠나며 내게 말했다.

"차별받는 거 싫어. 너 잘한다고, 선생님들이 너만 챙기잖아."

말없이 친구의 팔을 쓰다듬어 줬다. 기대감에 짓눌릴 것 같다고 매일 울던 때였다.

미대 입시의 특기자 전형을 노려 보겠다며 대학에서 주최하는 모든 대회에 참가했다. 입선 아니면 탈락. 바뀐 입시 트렌드를 따라가지 못해서였다. 새로운 걸 받아들일 용기가 없었고, 그동안 쌓아 올린 그림을 버릴 마음도 없었다. 여름이 가고 가을이 올 때까지, 망가진 그림을 들고 허우적거렸다.

수시 전형에서도 탈락만이 나를 반길 때, 친구들의 합격 소식이 줄지어 들렸다. 나에 대한 주변의 기대가 사라질까 두려웠다. 버겁고 부담스러웠으면서도 기대가 사라지면 남을 무관심이 더 싫었다. 마지막 수시 발표에서 합격 글자를 본 뒤에야 슬럼프에서 빠져나올 수 있었다.

| | |
|---|---|
| 상담 선생님 | 예안 씨는 그림을 그리는 사람이잖아요. 그림은 어떤 의미예요? |
| 나 | 글쎄요, 그림은 그냥 저예요. |
| 상담 선생님 | 왜 그런 생각을 하게 되었어요? |
| 나 | 오래 했고, 지금도 하고 있으니까…? 열 살 때 시작했거든요. 대회에서 상을 많이 받아서 주변 사람들한테 '쟤는 그림 그리는 애다' 하고 인식되었어요. 생각해 보면 스스로가 아니라, 남들에 의해 정해진 것도 있겠네요. |
| 상담 선생님 | 그러면 다른 사람들의 생각을 받아들이게 된 거네요? |
| 나 | 어쩌면요. 너무 일찍 정형화되어서 틀을 벗어나지 않으 |

려고 했을지도 몰라요.

| 상담 선생님 | 지금은 어때요? 그림이 어떤 의미가 있을까요? |
|---|---|
| 나 | 그래도 그림을 그리는 건 좋아요. 제가 잘할 수 있고 좋아하는 일이니까요. 그런데 흰 종이를 보면 막막해요. 뭘 그려야 할까, 머리가 하얘져요. |
| 상담 선생님 | 왜 막막해질까요. 그림 그리는 사람들은 자기 자신을 표현하기도 하던데 예안 씨도 그런 그림을 그리나요? |
| 나 | 아니요, 저는 저를 표현하는 게 어려워요. |
| 상담 선생님 | 어떤 점이 어려울까요? |
| 나 | 나라는 사람을 잘 모르겠어요. |
| 상담 선생님 | 그렇다면 한번 해 보는 건 어떨까요? 자신을 좀 더 들여다볼 기회가 될 것 같은데요. |
| 나 | 어…, 그건 어려워요. 할 수 있었다면 이미 해 보지 않았을까요? |
| 상담 선생님 | 그래요. 심리 치료 중에 미술을 이용하는 방법이 있어서 함께 해 보면 어떨까 생각했거든요. |
| 나 | 아, 교양 과목으로 미술 치료를 들은 적이 있어요. 한 번은 교수님께서 자신이 원하는 재료와 색으로 아무렇게나 흰 종이를 채우라고 했어요. 심적으로 불안한 사람에게는 물 조절이 어려운 물감이나 번지기 쉬운 사인펜 |

이 아니라, 크레파스나 색연필처럼 단단한 재료를 쓰게 한대요. 그래서 크레파스를 사용했어요. 도화지 위에 선을 긋다가 **빽빽하게** 칠하고, 점을 찍고 크레파스를 던지기도 했어요. 나중에 교수님이 그 종이를 잘게 찢어 버리라고 했는데, 그렇게 하고 나니까 후련한 기분이 드는 거 있죠.

| 상담 선생님 | 다행이네요. 그때 무슨 색을 사용했어요? |
| --- | --- |
| 나 | 회색이요. |
| 상담 선생님 | 회색으로 정한 이유가 있나요? |
| 나 | 따뜻하지도 차갑지도 않아요. 어둡지도 밝지도 않고, 어느 것에도 속하지 않은 무(無)의 상태 같아 좋아해요. |
| 상담 선생님 | 얘기를 듣고 보니 그런 느낌이 있네요. 그럼 예안 씨, 그림 대신 하루의 색을 정해 보는 건 어때요? 훨씬 쉬울 것 같은데요. |

잠수를 타듯 상담을 끝냈다. 색을 정하는 건 내게 어려운 일이었다. 늘 그림 작가가 되고 싶었는데, 내 생각 속의 작가는 자신과 그 세계를 표현해 내는 사람이었다. 그래서 난 작가는 못되겠구나 싶었다. 상담 선생님과 그림 이야기를 할수록 숨고 싶었던 건 아마 이런 이유 때문이었을 거다. 가장 겉으로 드러난 여린 살을 건드린 것 같았다.

내 하루가 회색이 아닌 날이 있었을까 생각했다. 날마다 회색이었다면 선생님은 나를 어떻게 봤을까? 그림이 상담의 주제가 되면서 평가를 받는 것 같았다. 그림을 나와 동일시했지만, 그동안 시험을 보고 점수가 매겨지던 게 일상이고 전부였기 때문이다.

특히 색, 그건 너무도 확실한 이미지였다. 뭉크의 주황색 절망, 파란색의 멜랑꼴리, 평온과 휴식의 초록. 미술 선생님이 핫핑크색을 쓰는 친구에게 "너 변태야?" 하고 우스갯소리를 하기도 했으니, 색은 내게 너무나도 분명한 평가였다.

내가 가진 색에 대해 생각했다. 당시 나의 수도꼭지는 고장 나 있었다. 모든 게 자극이 되었고 내 감정은 주체할 수 없이 넘쳤다.

절망스러운 황혼의 주황과 심해 속의 깊은 파랑이 만났다. 둘이 섞여 검은색이 되었다.

내가 늘 회색을 생각했던 건, 어쩌면 검은색에서 조금이라도 밝아지고 싶어서일지도 모르겠다. 나는 회색이길 원하는 검정이었다. 다른 사람들에게 내가 가진 색이 보이지 않았으면 좋겠다.

—

## 나를 이해하고
## 변화시키고 싶었는데

미대는 다른 학과와 달리 졸업 시험이나 토익 점수가 필요 없다. 대신 1년 동안 작품을 준비해 졸업 전시를 해야 한다. 내 이름을 건 첫 작품. 단편적인 주제가 아닌 내 이야기를 하고 싶었다. 상담을 다니며 나를 이해하고 싶었던 마음이 겹치기도 했다.

불안이나 공황, 우울에 대한 걸 긍정적으로 변화시키고 싶었다. 내가 나아지길 바라는 마음에서였다. 계절 학기 때 들었던 미술 치료 수업을 떠올렸다.

정신 의학자이자 분석 심리학자인 '구스타프 융'은 우울증과 신경증이 본인과 맞지 않는 삶을 살고 있다는 신호라고 말했다. 자신다움을 잃어 가고 있음을 반증하는 증상이란다. 자신의 내면을 들여다보며, 객관적인 성질을 찾는 대신 자연과 우주를 탐색하려고 할 때 비로소 자기 자신과 만나게 된다고 했다.

나는 정형화된 사회의 모습을 생각했고, 그와 같은 이야기를 하는 영화를 떠올렸다. 영화 〈부에노스아이레스에서 사랑에 빠질 확률〉에서는 도시 계획에 실패한 무분별한 회색 건물이 나온다. 수직적이고 획일화된 곳에 사는 사람들은 많은 병을 앓고 있다.

대화 단절, 무기력, 무관심, 우울증, 자살, 노이로제, 공황발작, 비만, 긴장, 불안, 건강 염려증, 스트레스, 비활동적 생활. 주인공은 이 모든 것에 시달린다, 자살만 빼고.


층간 소음으로 어려움을 겪었고, 자취방에서 첫 공황발작을 겪었다. 개개인을 고려하지 않는 무분별한 건축물, 그 사회의 영향이 있다고 생각하면 불안을 얘기할 좋은 소재가 되었다.

나는 아파트 사진을 찍어 그 위에 자연을 드로잉하듯 자수를 놓고자 했다. 이 작업은 과정이 중요했다. 융의 주장처럼 내면을 보며 자연을 탐색할 때 '나'를 만날 수 있다고, 이것이 미술 치료의 일환이 될 거라고 생각한 것이다.


학교 근처 아파트에 찾아갔다. 경비실에 양해를 구하고 복도에 올라가 사진을 찍었다. 수평 수직에 맞춰, 닭장처럼. 사진을 인화해 작업하려 했으나 섬유 전공이므로 천을 써야 했다. 콘크리트 느낌을 위해 가죽에 프린팅했다.

교수님의 마음에 들지 않았다. 나는 굳건했지만, 교수님의 의견은 그보다 완강했다. 그 과정에서 언쟁이 있었고, 교수님은 내게 실망했다고 말했다. 학생들 앞에서 내 번호를 차단했다고 말하기도 했다.

나는 결국 교수님이 추천하는 나풀나풀한 섬유로 바꿨다. 폴리에스테르는 뒤가 비치는 얇은 소재여서 드로잉하듯 자수를 놓을 수 없었다. 그저 창문에 색을 수놓을 뿐이었다. 작품에 맞춰 주제도 바꿔야 했다. 제목은 〈개인의 창〉, 그리고 말했다.

"닭장 같은 건물은 다 똑같아 보이지만, 어둠이 오면 저마다 다른 색으로 네모난 창이 채워집니다. 창문은 개인의 성향이나 취향, 그런 경향을 반영합니다."

틀에서 벗어나고자 용기를 냈지만 그 속에 갇혀 자기위안만 삼는 꼴이었다. 무력했고 무기력했다. 나는 전공을 할 게 아니니까 대충하고 끝내자 싶었다.


'나'를 찾기 위한 과정은 생략되었다. 영화에 나오는 주인공들은 결국 탈출구를 찾지만, 나는 그러지 못했다. 더 갇혔고 불안해졌다. 전시 철거 날, 작품을 그대로 쓰레기통에 집어넣었다.

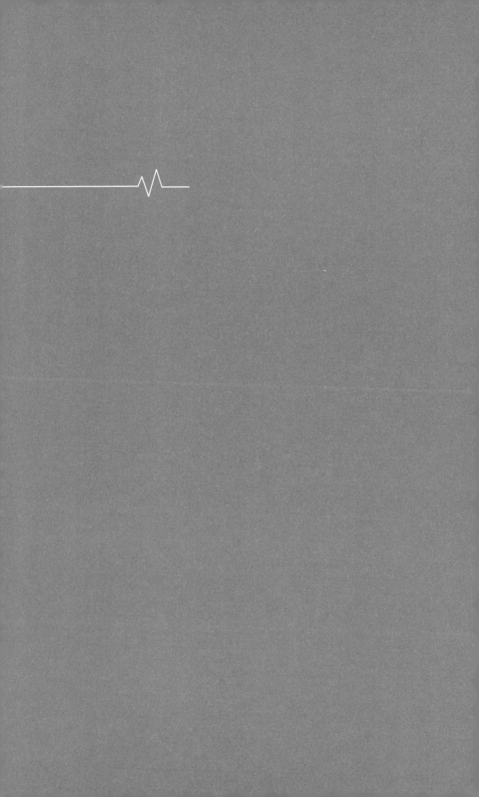

# 4부

# 혼자서는 힘들어요,
## 도와줘요

—

## 왜 이러지,
## 내가 또 이상해졌다

그림 그리는 일을 업으로 삼고자 했지만, 어디서부터 어떻게 시작해야 하는지 알 수 없었다. 졸업을 했다. 일러스트레이터는 어떻게 되는 건가, 취업을 해야 하나 고민하며 소화 장애와 두통에 시달렸다. 사라지지 않던 두통은 작업 제안 메일을 받고 모습을 감췄다.

에세이 삽화 작업을 하게 되었다. 클라이언트는 원고를 보면서 부드러운 파스텔 톤이 생각났다고 했다. 나는 아무리 봐도 어둡고 짙은 색이 떠올랐다. 내 감상대로 그림을 그렸다. 작업이 취소되었다. 그림을 그리기 위해서는 작가의 의도와 편집자의 방향, 독자의 감상 모두를 아울러야 했다. 어려운 일이다. 그 작업은 다른 작가에게로 넘어갔다.

'진행하던 작업이 취소될 수 있구나, 나 말고도 일할 사람은 많군.'
누구도 나를 대신할 수 없는, 대체 불가능한 사람이 되고 싶어졌다.

그해 여름은 무척 더웠다. 숨이 턱턱 막히고 소화가 되지 않았다. 명치가 돌이 된 듯 딱딱했다. 매일 책상 앞에 앉아 일하고, 쉴 틈 없이 스스로를 내몰았던 이유였을 거다. 기회를 놓치면 안 된다는 생각에 작업 제안이 올 때마다 연신 오케이를 외쳤다. 환기가 필요하다며 잠시 바람을 쐬러 나가도 머릿속은 온통 일 생각이었으니, 겉 환기지 속 환기는 아니었다.

손을 쉴 틈 없이 썼더니 손가락, 손목, 팔꿈치가 저릿했다. 신경과에서 터널 증후군과 근전도 검사를 했다. 저주파보다 센 자극에 팔이 높이 들썩였고, 근육에 찔러 넣은 바늘을 통해 기계에서 지지직거리는 소리가 났다.
낯선 검사에 움츠러들어 '영영 그림을 그릴 수 없으면 어떡하지?' 하는 걱정을 했다. 다행히 가벼운 터널 증후군이 생겼다고 했다.

2주 뒤에, 엄마가 입원했다. 허리에 염증이 생겨 시술 후 경과를 살펴보기 위함이었다. 혼자 있는 집이 쓸쓸해 엄마를 보러 병원에 갔다. 환자복을 입은 엄마를 보자 기분이 이상했다. 괜히 가슴이 답답해져

동네 한 바퀴를 뛰었다.

그리고, 아빠가 쓰러졌다.

"아빠, 뭐 떨어트렸어?"

욕실에서 들리는 커다란 소리에 깜짝 놀란 내가 소리쳤다. 답이 돌아오지 않아 욕실 문을 열었다. 아빠가 정신을 잃고 바닥에 쓰러져 있었다. 흔들어 깨우니 고통에 찡그린 채 앓는 소리를 냈다.

이마에서는 피가 났고 목과 허리를 움직이지 못했다. 지체 없이 119에 전화를 했다. 경위와 증상을 설명하고 가방에 지갑과 보조 배터리, 아빠의 슬리퍼를 챙겨 넣었다. 이상하리만치 침착했다.

응급실에는 보호자 한 명만 들어갈 수 있었다. 엄마가 들어갔고, 나는 대기실에 앉았다. 몇 년 전 아파서 응급실에 갔던 기억이 났다. 옆 침대에 자살 기도 환자가 실려 왔었다. 붕대로 칭칭 감은 손목과 연신 헛구역질하던 모습이 생각났다.

나는 병원 밖으로 나갔다. 응급실 바로 옆에는 장례식장이 있었다. 큰아빠의 장례를 치른 곳, 아빠가 큰아빠를 따라갈까 봐 무서웠다.

두 시간쯤 지났을까, 열리지 않을 것 같던 문이 열렸다. 엄마가 나와 아빠는 괜찮다고 했다. 눈물이 펑펑 쏟아졌다.

"뭐 그런 거로 울어요. 여기서 죽는 사람도 많은데 뭐."

접수처에 앉아 있던 직원이 말했다. 나는 더욱 소리 내어 울었다.

아빠는 집과 병원을 오가며 검사와 치료를 받았다. 그 사이 내 명치는 바윗덩어리가 된 듯 딱딱해졌다. 몸 전체가 그랬다. 크고 무거운 걸 내 몸에 가둔 것 같기도, 온몸이 작은 상자에 갇힌 것 같기도 했다. 버거웠다. 답답함이 올라와 목구멍이 막혔다. 소화제를 먹고 한의원에 갔다.

"맥이 왜 이러지? 심장에 기운이 하나도 없네?"

진맥을 하던 선생님이 말했다. 최근에 놀란 일이 있었다고 말하니 평소보다 침을 세게 놓았다.

미술관에 갈 셈으로 집을 나섰다. 좋아하는 공간에서 그림을 보면 기분이 나아질 것 같았다. 그날따라 지하철도 불편했다. 숨이 쉬어지지 않았다.

미술관에 들어갔을 때는 거대한 불안감에 사로잡혀 바로 뛰쳐나와야 했다. 내가 또 이상해졌다. 도움을 구하러 상담실에 찾아갔던 그 증상이었다. 한동안 나아진 줄 알았는데 아니었나 보다.

누군가 내 목구멍에 쇠파이프를 박은 채로 조르는 것 같았다. 나는 육지에 던져진 물고기처럼 바닥에 엎드려 짧고 얕은 숨만 뱉었다. 심장이 떨어지는 느낌에 숨을 몰아쉬었다.

찌릿함이 느껴지는 왼쪽 가슴에 뜨거운 찜질기를 올려놓기도 했다.

잠을 잘 수 없었다. 불을 끄면 보이는 새까만 불안과 형체 없는 질식감에 숨이 멎을 것 같았다. 잠을 자는 게 죽는 일처럼 느껴졌다.

뜬눈으로 밤을 보내고 이른 아침 내과에 갔다.

"명치가 꽉 막혀서 답답했는데, 그게 목까지 올라왔어요. 질식감이 들어요. 숨을 못 쉬겠어요. 심장이 자꾸 내려앉고 찌릿거려요."

내 말을 들은 선생님이 말했다.

"지금 말한 증상은 소화 기관의 문제보다는 공황장애 증상 같아요. 혹시 병원에 다니고 있어요?"

"아니요, 상담을 다닌 적은 있어요."

"그럼 이쪽 문제로도 생각해 봐야겠네요. 일단 심전도랑 같이 내시경도 해 보죠. 신체적인 문제가 아니라면 이쪽이 맞는 거니까요."

검사 결과 아무 문제가 없었고, 선생님은 도움이 될 거라며 신경 안정제를 처방해 줬다.


"병원에서 뭐라고 그래?"

집에 도착한 내게 엄마가 물었다.

"그냥 늘 똑같지 뭐."

아무 일 없었던 척 답했다. 자기 전에 먹으라고 처방해 준 약을 반으로 쪼개 먹었다. 약봉지를 방에 놓고 위장약을 먹은 척, 평소와 별다르지 않은 척했다.

—

## 견디기 힘들어
## 정신과를 향했다

불안이 짙어졌다. 견딜 수 있는 한계를 넘어 몸이 터질 것 같았다. 눈물만 나왔다. 숨을 쉬고 싶었다.

얼룩진 얼굴을 씻어 내고 고민했다.
'말을 해야 할까, 이해받을 수 있을까?'
결국 부모님께는 집 근처 한의원에 다녀온다는 말을 하고 택시를 불러 집을 나섰다.
정신과에 갔다. 많은 사람이 진료 대기 중이었다. 내가 제대로 찾아온 게 맞나 싶었다. 이 사람들은 뭐가 힘든 걸까. 훌쩍이는 사람이 나밖에 없어 고개를 숙였다.

진료실에 들어가 입을 떼자마자 눈물이 후두둑 떨어졌다. 숨을 헐떡이며 그간의 얘기를 했다.

"전형적인 공황장애네요. 공황은 자율 신경계에 이상이 생기는 거예요. 신경계는 날씨에 영향을 받아요. 날이 더워서 더 심해졌을 수 있겠네요. 공황장애 치료는 기본 1년은 잡아야 해요. 한번 해 봅시다."

에어컨을 틀며 선생님이 말했다. 나는 연신 고개를 끄덕였다.

공황장애는 자율 신경계를 관장하는 교감 신경과 부교감 신경에 오류가 생긴 거라고 했다. 안정감을 주는 부교감 신경이 아닌, 긴장과 위험을 담당하는 교감 신경이 항진되어 나타난단다.

선생님은 정신이나 마음이 아닌 신경계의 문제라고, 누구에게나 생길 수 있다고 말했다. 병이 생긴 게 내 탓이 아닌 것 같아 다행이었다.

비보험 처리를 하려고 했다. 정신과 기록이 보험 가입에 불이익을 주거나, 취업을 하게 되면 문제가 생길 것 같았다. 비용 차이가 열 배에 달했다. 고민하는 내 모습을 본 선생님이 말했다.

"여기 신경 정신과예요. 두통이나 불면증으로도 와요. 누가 와도 어떤 문제로 진료받는지 알려 주지 않아요. 걱정 말고 보험 처리하세요."

택시를 타고 집에서 조금 떨어진 곳에 내렸다. 한의원에 갔다가 걸어온 척하기 위해서였다. 덥다고 손부채질하며 집에 도착했다. 위장

약과 같이 정신과 약을 먹었다. 그러고는 아무 일도 없던 것처럼 엄마에게 실없는 농담을 던졌다.

약을 먹으니 온몸을 감싸던 불안이 옅어진다. 숨이 쉬어진다. 빨리 다녀올걸 그랬다. 무거워지기 전에 갔으면 가볍게 덜 수 있었을 텐데, 쌓이고 쌓일 때까지 참은 게 미련하다. 지금이라도 다녀왔으니 다행인 거다. 오늘이 어제보다, 내일이 오늘보다 더 나은 날이었으면 좋겠다.

2018.08

정신과에서는 약을 자체적으로 처방할 수 있다. 약 이름이 쓰이지 않은 봉투가 못 미더웠다. 약의 모양과 쓰인 글자를 보며 검색했다.

신경 안정제와 항불안제. 안정제는 단시간에 불안을 잠재운다. 항불안제는 안정감을 느낄 때 나오는 신경 물질인 세로토닌을 조절하며, 2~3주 뒤에야 효과가 나타난다고 했다.

정신과 약에 관해 여러 말을 들은 적이 있어서, 부작용 사례를 찾아봤다. 자살 충동을 일으킨다는 경고 문구를 봤다. 나는 살고 싶은데 죽게 되는 건 아닌가 무서웠다.

다른 약에 비해 정신과 약은 크기가 작다. 알약을 먹지 못하는 나조차 꿀꺽 삼킬 수 있을 정도다. 약을 먹으면 몽롱했고 늘어졌다. 잠만

잦다. 공간이 뱅글뱅글 돌았고, 무기력해 영혼을 뺏기는 기분이 들기도 했다.

그래도 나는 약을 꼬박꼬박 챙겨 먹었다. 공포스러운 불안을 마주하는 것보다 무력해지는 게 나았다. 그것이 주는 평안함에 약 먹을 시간만 기다리기도 했다.

병원에 울면서 갔다가 약을 먹고 웃으며 내원했다는 글을 본 적 있다. 그때는 말도 안 되는 소리라고 생각했는데, 나 역시 선생님께 술과 커피를 마셔도 되냐며 웃고 있었다. 고작 새끼손톱만 한 크기의 약. 그게 어떤 영향을 주길래 사람이 이토록 달라지는지, 작지만 결코 가볍지 않았다.

약을 먹은 이후로 나를 힘들게 하던 증상이 누그러졌다. 엄마에게 정신과에 다녀왔다고 말했다. 담담한 반응이었다. 내 모습이 심상치 않은지 정신과에 가 보라고 할 생각이었단다. 속상했던 마음이 풀어졌다.

엄마가 내게 말했다. 약을 먹기 전에는 죽을상이었는데, 지금은 꽤 편안해 보인다고 말이다. 나도 내가 나아진 걸 느낀다. 그래도 아직 불안하다. 몸 이곳저곳이 아프다. 숨이 막힐까 무섭고, 약을 먹지 않아도 살 수 있을지 걱정된다.

온 신경이 내 몸으로 향해, 건강 염려증 환자가 된 것 같다.

요즘은 날이 선선해져서 숨을 쉬는 게 나아졌다. 좋아하던 새벽

이 버거운 시간이 되었지만, 잠을 잘 수 있으니 나아질 거다.

2018.09

## 정신병이라는 말에
## 민감해지다

'○○정신병원 앞으로 3km'

엄마 아빠와 차를 타고 집에 가던 중, 저 멀리 표지판이 보였다. 흔히 말하는 언덕 위의 하얀 집이었다. 엄마가 말했다.

"내 친구 중에 한 명이 정신병원에서 간호사로 일하거든. 거기서 뺨 맞은 적 있대."

그러자 아빠가 답했다.

"그런 병원에 있는 사람들은 다 이상한 사람들이잖아."

씁쓸해졌다. 어찌됐든 나도 정신병을 앓고 있는 게 아닌가.

'미친 정신병자 새끼', 카톡을 하던 중 친구가 무심코 말했다. 뉴스에 나온 범죄자 얘기였다. 아닌 줄 알면서도 나를 욕하는 것 같았다.

정신병, 정신병자라는 말에 민감해졌다. 그 말은 '정병 걸릴 것 같아', '정신병자 새끼' 하면서 욕처럼 쓰인다. 사람들은 그것에 문제가 있다는 걸 알지 못했다. 익숙했고, 아무렇지 않아 했다.

나도 정신과에 다니기 전까지는 그랬다. '와, 정신병 걸릴 것 같아'라는 말을 달고 살았다.

글 쓰는 모임에 층간 소음 문제 글을 써 간 적이 있다. 나는 윗집 사람을 조현병이라고 생각했다. 그리고 그와 내가 다를 것 없다고 했다. 글을 읽은 한 사람이 말했다.

"이건 달라요. 정도가 다르잖아요. 예안 씨는 약한 거고, 조현병은 무서운 거예요."

생각에 빠졌다. 나는 다른 걸까. 그렇다면 정신병 중에 내 급은 높은 걸까. 나는 연예인들이 걸리는 상위 계층의 병인 걸까.

《폐쇄 병동으로의 휴가》라는 책을 읽었다. 도서관에 독립출판 코너가 만들어지면서 들어온 책이었다. 자연스레 손이 갔다. 조울증과 알코올 중독으로 폐쇄 병동에 열흘간 입원했던 저자의 기록이었다.

나는 폐쇄 병동이라는 글자를 보며 하얀 벽과 철창, 통유리를 생각했다. 사람들이 소리 지르는 무섭고 억압된 이미지를 떠올렸다. 그것과 휴가라니 어울리지 않는 조합이었다. 곧 잘못 생각했다는 걸 깨달

왔다. 그들은 모두 낫기 위해 모인 사람들이었다. 함께 모여 간식을 먹고 이야기했다. 아픔을 공감하고 나눴다.

공황장애가 심해서 집밖에 나가는 게 무서웠을 때, 차라리 병원에 스스로를 가두고 싶다고 생각한 적이 있다. 그러면서도 편견을 갖고 있었다. 어쩌면 나도 급을 나누고 편을 갈랐을지 모르겠다.

책은 뒤로 갈수록 차분해졌다. 저자의 상태가 나아진 건지 아닌지 나는 알 수 없지만, 무덤덤해진 것 같았다. 그래서 슬펐다. 그 마음이 혹 동정처럼 보일까 봐 서둘러 감정을 감췄다.


내원일에 맞춰 집을 나선 나는 횡단보도 앞에 서 있었다. 초록불을 기다리는 동안 뒤로 남자 두 명의 대화가 들렸다.

"야, 저기 정신과 있다. 너 저기 가라. 너 정신병자잖아."

곧이어 다른 남자가 말했다.

"뭐래, 이 정신병자 새끼가."

그들이 가리키는 곳은 내가 다니는 병원이었다.

그들에게 말하고 싶었다.

"저기요, 제가 진짜 정신병자인데요."

나는 말하지 못하고 그들이 횡단보도를 건너는 걸 지켜봤다. 그들이 사라진 뒤에야 병원으로 발걸음을 옮겼다.

—

## 누구나의 일상이
## 내겐 비상 사태

나는 공황장애와 다른 곳이 아픈 걸 구분하지 못한다. 공황은 정신과 질환이지만 신체적인 증상으로 나타난다. 몸이 반응한다, 이곳저곳이 아프다.

약 먹는 걸 잊은 날이었다. 괜찮다고 생각했는데, 이른 아침에 잠에서 깼다. 심장에서 통증을 느낀 것이다.

'신체화 증상인가. 약을 먹은 이후로 이런 적이 없었는데.'

무시하자, 무시하자. 여전히 심장이 찌릿했다. 증상을 인지하고부터 통증이 잦아졌다. 숨쉬기가 벅찼다. 몸이 떨렸고 심장마비로 죽을 것 같다는 생각에 사로잡혔다. 나는 알고 있었다.

'이건 공황발작이다.'

약을 먹었지만 흉통은 여전했다. 죽을까 봐 무서웠다.

'병원에 가야 한다. 당장 가지 않으면 죽을지도 몰라.'

하필 내가 다니는 병원도, 옆 병원도 휴진이었다. 근처 내과에 가서 말했다.

"제가 공황장애로 병원에 다니는데 오늘 휴진이어서요. 혹시 여기서 진료받을 수 있을까요?"

진료실에 들어가 먹는 약과 증상을 설명하고 비상약을 처방받았다.

나는 늘 비상 상태였다. 아무도 나를 도와주지 않았다. 내게만 비상이지 남들에겐 평소와 다를 것 없는 일상이었다. 나는 내가 싫었다.

비상약이 있어서일까. 여전히 아프고 불안했지만, 약이 있다는 생각에 한 번 더 견딜 수 있었다.

결국 약을 먹지 않았고 다음 날 통증이 사라졌다. 허상이었다. 실제가 아닌 내 불안과 두려움이 만들어 낸 신체화 증상. '그저 거짓이다' 하고 무시하면 나을 일이었다.

약에 적응되면서부터 불안이 눌러졌다. 이전처럼 발작이 오지 않았다. 생활에 큰 불편함도 없었다. 재택근무를 하다 보니 외부에 노출되는 일이 적어 그럴지도 모르겠다.

영화관에 다녀왔다. 선생님이 외부 환경에 노출되는 연습을 해야 한다고 해서였다.

상영관에 들어가기 직전에 약을 삼켰다. 크게 힘들지는 않았지만, 불안감은 여전했다. 많은 사람과 어둠, 큰소리가 나를 작아지게 했다. 스크린에 시선을 고정한 채 애꿎은 손만 괴롭혔다.

| 나 | 영화관에 다녀왔어요. 주변이 붕 뜬 것 같고 몸이 경직됐어요. 식당에서는 사람들이 웅성거리는 소리, 식기 부딪치는 소리에 예민해졌어요. 자제력을 잃을 것 같았고, 상대방의 이야기에 집중할 수 없었어요. |
|---|---|
| 의사 선생님 | 그래서 어떻게 했죠? |
| 나 | 그냥 참았어요. |
| 의사 선생님 | 잘했어요. 제가 맘모스 얘기를 했나요? 원시인들이 길을 가다가 맘모스를 만나면 어떻게 할까요? |
| 나 | 음, 도망가요. |
| 의사 선생님 | 맞아요, 그래야 살 수 있으니까요. 그런데 식당과 영화관은 맘모스인가요? |
| 나 | 아니요. |
| 의사 선생님 | 그래요. 원시 시대의 습성이 유전돼서, 우리는 위험하다고 판단되면 맘모스를 피하듯 그 상황에서 도망쳐요. |

그런데 공황장애, 공황발작은 말이 무서워서 그렇지 맘
모스가 아니에요. 지속적으로 힘든 상황에 부딪히고도
이겨 내다 보면, 증상이 하나씩 없어지는 소거 반응이
생길 거예요.

나 혼자였으면 밖으로 도망갔을 거예요. 사람들이 제가 이
상해지는 걸 눈치챌까 봐 무서워요, 티가 날까 봐요.

의사 선생님 약을 꾸준히 먹고 있으니 이상해질 일은 없어요. 그리
고 이렇게 생각해 봐요. 내 주변에 있는 사람들이 나를
살펴 줄 거라고요.


선생님의 말을 듣고 낚시터에 가는 아빠를 따라나섰다. 조금이라도
집밖으로 나가야 할 것 같아서였다. 건물이 사라지고 풀숲이 보이자
불안했다.

'이곳에서 공황발작이 일어나면 어떡해? 병원까지 얼마나 걸릴까?
구급차가 늦어서 내가 죽으면?'

공황이 찾아온 이후로 최악의 상황만 생각했다. 핸드폰으로 어떤 병
원이 가까운지 찾았다. 그리고 생각했다.

'약을 먹었으니 아무 일도 없을 거야. 내가 이상해지면 아빠가 날 병
원에 데려갈 수 있어.'

낚시터에 도착했다. 구석구석 많은 사람이 있었다. 모두들 수면 위를 보고 있었다. 물고기가 잡혀 퐁당거리는 소리와 이름 모를 새가 지저귀는 소리가 들렸다.

나는 낚싯대를 던지고, 사람들을 따라 의자 깊숙이 등을 기대앉았다. 낚시찌를 보았다. 흔들리던 찌가 물속으로 가라앉자 일렁이던 물결이 잔잔해졌다.


중간중간 불안이 올라왔지만 잠시 일렁일 뿐이었다.

맘모스가 아닌 게 맞았다.

—

## 내가 죽음을
## 생각하게 된 사연

나는 늘 죽음에 대해 생각한다. 공황장애 때문인지, 사람이라면 누구나 갖고 있을 우울함 때문인지는 모르겠다. 어쩌면, 어릴 때 느낀 죽음의 이미지가 무의식에 있는 걸지도 모른다.

열여섯, 셋째 큰아빠가 돌아가셨다. 그때 처음으로 장례식장에 갔다. 검은색 옷을 입었다. 사촌 언니와 큰엄마의 머리에 흰색 리본이 자리했다. 사촌 오빠의 팔엔 모시로 된 띠가 붙어 있었다.

장례식장은 절규 그 자체였다. 습하고 음울했다. 모두가 울었다. 누군가는 오열했고, 누군가는 삼켰다.

나도 울었다. 아빠가 우는 걸 보니, 울지 않을 수 없었다.

네 형제 중 막내인 아빠는 셋째 큰아빠와 가장 가까웠다. 나이 차가 적었던 게 한몫했을 거다. 나는 큰아빠와 접점이 없었다. 그는 살가운 성격이 아니었고, 나는 눈치를 보며 구석에 있었다.

큰아빠는 진한 쌍꺼풀과 날카로운 눈빛, 뾰족한 목소리를 가졌었다. 옷차림도 그랬다. 바지는 칼 각을 유지했고 양말 하나도 허투루 신지 않았다. 늘 깔끔한 양복을 입고 다녔다.

옷에는 많은 걸 투자했지만, 다른 것들에는 영 짠돌이였다. 예를 들면, 명절에 용돈을 줄 때 말이다. 친척들의 지갑에서 배춧잎이 나올 때, 큰아빠의 지갑에서는 빛바랜 주황 잎이 나왔다. 그는 말했다.

"예안아, 큰아빠가 배춧잎보다 좋은 거 줄게. 배추 인형이라고 아니?"

나중에 검색해 보니 배추 인형은 참 못생겼더라. 그는 내게 인형을 주지 않고 떠났다.

집안 분위기가 가라앉았다. 할머니는 매일 울었다. 자식을 먼저 보내고 살아서 뭐 하냐며, 흐르는 눈물을 닦을 생각조차 하지 않았다. 아빠는 자주 집밖에 나갔다. 홀로 술 한 병 사들고 큰아빠 산소에 가는 거였다.

큰아빠가 묻히던 때가 기억난다. 적갈색 흙이 깊게 파였고 흰 띠에 의지한 관이 내려갔다. 사람들이 삽으로 흙을 덮었다. 땅속에 사람이 묻혔다. 기이하고 무서웠다.

큰아빠는 병을 앓았다. 무균실에 있었다. 엄마 아빠가 병문안을 다녀오는 동안 나는 한 번도 가지 않았다. 시험 기간이었다. 집에서 혼자 밥을 먹고 있을 때 병원에 다녀온 엄마가 말했다.

"예안아, 큰아빠 돌아가셨어."

뭐라고 대답해야 할지 몰랐다. 무슨 표정을 지어야 하는지도 몰랐다. 밥을 먹던 숟가락을 들고 가만히 있었다. 이틀 후면, 아빠가 큰아빠에게 혈소판을 이식해 주기로 한 날이었다.

엄마를 통해 듣는 두 번째 죽음이었다. 첫 번째는 어릴 적 친구 지현이, 두 번째는 큰아빠.

지현이의 소식을 듣고 마냥 무서웠다면, 큰아빠의 소식을 들었을 때는 아무 생각도 없었다. 무엇도 느끼지 못했다. 그 막연함이 현실적으로 다가오지 않았다. 나는 방에 들어가 시험공부를 마저 했다.


장례를 치르고 학원에 갔다. 시험 기간이어서 빠질 수 없었다. 선생님이 물었다.

"넌 누구 장례식에 갔다 오길래 이렇게 늦어?"

나는 당황하며 "큰아빠요" 하고 말했다. 옆에 앉은 친구가 물었다.

"뭐? 너네 큰아빠 죽었어?"

울음이 터졌다. 슬픈 건 아니었다. 지금 생각해 보면, 죽음의 무게와 사람들의 절망을 보는 게 버거웠던 것 같다.

큰아빠가 떠난 지 10년이 넘었다. 가족들은 이제 웃으며 그를 얘기한다. 나는 해가 갈수록 그에 대해 선명해지는 기억이 있다. 그의 죽음이나 외형이 아니다. 그와 나눈 몇 없는 대화, 그리고 그의 눈빛이다.

할머니 생신 때, 큰아빠 차를 타고 오리고기 집에 가고 있었다. 겨울이라 해가 일찍 내려앉은 저녁이었다. 사춘기인 친척 언니는 말없이 MP3로 노래를 들으며 창밖을 봤다. 이어폰과 귀 사이로 음악이 세어 나왔다. 평소라면 아무 말 없을 큰아빠가 내게 말을 걸었다.

"예안아, 세상에서 제일 불행한 사람이 누군지 아니?"

뜬금없는 말이었다. 그와 나는 대화를 해 본 적이 거의 없었다.

"아니요."

"앞을 보지 못하는 사람이야. 세상의 아름다운 걸 보지 못하잖아."

"아… 그러게요."

"그럼 두 번째로 불행한 사람은 누군지 아니?"

"어… 모르겠어요."

"소리를 듣지 못하는 사람이야. 세상에는 아름다운 소리가 많거든."

무슨 말을 하는지 알아들을 수 없었다. 그가 덧붙였다.

"그러니까 음악 들을 때, 소리를 작게 들어. 나중에 귀가 안 좋아지면 정작 아름다운 건 듣지 못하잖니."

그는 운전대를 잡고 있었지만, 눈길은 줄곧 언니를 향해 있었다. 거울에 비친 그의 눈은 날카롭지 않았다.

나는 음악을 크게 듣지 않는다. 그때의 큰아빠 생각이 나서. 평소 내가 생각하던 모습과 달랐다. 말수가 적어진 언니와 그런 언니를 기다리던 큰아빠. 그가 했던 얘기.

그 장면으로 날카로운 게 무뎌졌다. 차가움이 녹아내렸다. 시간이 지나 빛이 바랠수록 그때가 선명해진다. 극을 연출하듯 내 기억을 미화시키는 건지도 모르겠다.

가끔 길을 걷다가 이어폰을 빼고 바람과 새소리를 듣는다. 큰아빠가 말하던 아름다운 소리일까. 그도 어디선가 듣고 있을까. 흙에 묻힌 그는 흙이 되었을까. 어딘가 다른 세상에 있을까.


나는 죽음이라는 글자에 까만 어둠을 떠올린다. 장례식장의 절규를 생각한다. 그래서 공황장애 증상이 올 때마다 겁에 질리는 것 같다.

죽음에 대한 생각에서 벗어날 수 없다면 그 이미지가 바뀌었으면 하고 생각했다.

죽음을 생각하면 떠오르는 큰아빠. 그가 언니를 보던 눈빛, 아름다움을 얘기하던 담담한 말투가 차가움을 녹인 것처럼, 죽음도 어둠과 절규가 아닌 다른 무엇이었으면 좋겠다.

—

## 약의 도움이
## 절실히 필요할 때

가족과 함께 동해 바다를 보고 왔다. 꽉 막힌 고속도로
가 두려워 몇 년간 가지 못했었다. 지금은 치료 중이고, 때마침 도로가
한산할 때여서 괜찮을 것 같았다. 부딪히고 싶었다.

바닷바람에 질끈 묶은 머리가 헝클어졌다. 시원한 파도 소리가 가슴
깊이 울렸다. 걱정이 부서지는 것 같았다. 잔뜩 긴장한 몸이 흐트러졌
다. 사람들이 왜 동해를 좋아하는지 알 것 같았다.

| | |
|---|---|
| 나 | 가족이랑 강릉으로 짧게 여행을 다녀왔어요. 차가 막힐 |
| | 까 봐 무서웠는데 다행히 한산했어요. |
| 의사 선생님 | 잘했어요, 그렇게 연습하면 되는 거예요. 힘들었던 건 |

없었어요?

나      차에 타기 전에 약을 먹었어요. 약을 먹으면 적어도 차에서 힘들지는 않겠다고 생각했어요. 괜찮았어요.

의사 선생님      공황장애는 불편한 경험이 뇌에 각인된 거예요. 이렇게 생각하죠. '여기 있으면 또 힘들 거야, 도망가야 해'라고 말이에요. 그럼, 생각을 바꾸는 게 빠를까요, 행동을 바꾸는 게 빠를까요?

나      행동이요…?

의사 선생님      맞아요. 불편한 상황에 노출되고 아무렇지 않다는 걸 경험하면서 회피하던 곳과 증상을 소거해야 해요. 인지 행동 치료라고 해요.

나      아, 들어 본 적 있어요. 그럼 약은 왜 먹는 거예요?

의사 선생님      맨땅에 헤딩하는 건 힘드니까요. 약의 도움을 받고 안정된 상태에서 경험하는 거죠. '괜찮구나, 힘든 곳이 아니었구나' 하면서 말이죠. 행동을 바꾸면 생각도 바꿀 수 있어요.

궁금했다, 약이 병을 낫게 해 주는 건지. 선생님이 내게 불편한 상황에 마주하는 연습을 하라고 했으니, 마음만 먹으면 되는 건가 싶기도 했다. 둘 다 아니었다. 약의 도움을 받아 괜찮음을 경험해야 했다.

| | |
|---|---|
| 의사 선생님 | 요즘은 어때요? 힘든 일이 있었나요? |
| 나 | 평소에 스트레스를 받으면 명치가 막히고 가슴이 답답하거든요. 그게 목으로 올라와서 조이는 느낌이 들었어요. 저녁 약을 먹고 바로 가라앉았고요. |
| 의사 선생님 | 스트레스받는 일이 있었나요? |
| 나 | 두 가지 일을 동시에 진행하는 상황이라 신경이 곤두서 있었어요. |
| 의사 선생님 | 그런 증상은 언제 생겼죠? |
| 나 | 3~4년 전부터요. 심할 때는 한 달 이상씩 지속해서 억지로 숨을 쉬었어요. 내과 약을 먹어도 나아지지 않았고요. |
| 의사 선생님 | 조금 아까 정신과 약을 먹고 증상이 나아졌다고 했잖아요. 그럼 내과적인 문제가 아니라는 거네요. |
| 나 | 아무래도 그런가 봐요. |
| 의사 선생님 | 저도 명치가 답답했어요. 환자들이 많았거든요. 저는 물을 한 컵 마시고 '나아지겠지' 생각해요. 그렇지만 예안 씨는 이렇게 생각하는 거죠. '왜 이러지? 공황장애인가?' 어쩔 수 없어요. 이미 공황을 경험해서 두려운 거니까요. 다른 사람들도 같은 증상이 있을 거라고 생각해 본 적 없나요? |

| | |
|---|---|
| 나 | 처음에는 누구나 같을 거라고 생각했어요. 참으려고 했는데 그럴수록 더 힘들었어요. 병원에 가도 진단이 다르고 고쳐지지 않았고요. 그래서 이상하다고 생각한 것 같아요. |
| 의사 선생님 | 공황장애 환자들이 가장 어려워하는 게 신체 내부로 향하는 시선을 외부로 돌리는 일이에요. 내과 약을 먹고 나아지지 않던 게 정신과 약을 먹고 나았잖아요. 그 증상이 생겨도 신체적 문제가 아니니 마음 편하게 가져요. 증상에 집중할수록 예안 씨만 힘들어질 거예요. |

선생님은 신체적인 문제가 생길 때 그에 맞는 약을 쓰면 된다고 했다. 약을 쓸 수 없는 게 성격과 습관이란다. 태어날 때부터 쌓아 온 게 있으니, 살아온 만큼의 시간을 다시 투자해야 한다고 했다. 선생님은 내가 젊어서 다행이라고 했지만, 나는 막막하고 외로웠다.

—

## 출구가 보이면
## 불안하지 않아

급격하게 매스꺼움과 구역감이 들었다. 나는 공포에 휩싸였다. 약을 먹고 숨을 크게 쉬었다. 곧 가라앉을 거라고, 아무 일 없을 거라고 연신 되뇌었다.

그런 내 모습에 화가 나서 욕을 내뱉다가 곧 무서워 무릎에 얼굴을 묻었다.

불안감이 거대한 파도처럼 몰려오는 순간 모래사장에 홀로 서 있는 나. 피하려고 아무리 뛰어 봐도 금세 파도에 쓸려 아득해진다. 무력하다. 심해 속에서 숨을 쉴 수가 없다.

약을 먹고 파도가 잔잔해졌다. 하지만 파도가 언제 다시 올지 모른다는 생각에 공포에 질린다. 도망칠 여력이 없다. 내 몸은 물을 가득 머금은 솜과 같다.

2018.11

불안이 가라앉자 신체화 증상이 올라왔다. 배가 아프고, 다리도 아프고, 머리와 등, 옆구리까지 아팠다. 심장이 아플까 봐 무서웠다.

공황장애 환자에게 가장 어려운 건 시선을 외부로 돌리는 일이다. 나와 내 증상, 신체가 아닌 다른 곳에 집중하는 일.

그게 가능한 일인가. 나는 도저히 할 수가 없다.

그날 밤은 외로웠다. 힘들고 무서운데 누구에게도 말할 수 없었다. 불안해질까 봐 두렵다는 말을 이해해 줄 사람이 있을까. 내가 왜 죽을 것 같은지 말하면 상대는 어떤 반응일까.

힘이 빠져서 자고 싶은데, 몸이 경기하듯 깜짝 놀라 잠을 잘 수 없었다. 지쳐 잠들 때까지 기다려야 했다. 깜깜해진 방 안에 누워 있으니 죽음에 대한 생각을 떨쳐 낼 수 없었다.

'공황은 왜 죽을 것 같은 공포를 느끼게 할까, 그건 너무 무섭잖아.'

나는 제대로 된 생각을 할 수 없었다. 발작이 거대한 파도라면, 이후의 불안은 온몸이 젖어 쓰러진 채 아무것도 하지 못하는 무력감이다.

"밤에 아팠어?"

퇴근하고 온 엄마가 나를 보더니 말했다.

"응."

"어디? 머리가 아팠어?"

"아니, 여기가."

나는 가슴께를 손가락으로 가리키며 대답했다.

"갑자기 왜? 그동안 괜찮았잖아."

"나도 모르겠어."

"약은 있어? 줄인 거 아니야?"

"먹었어. 선생님이 더 지켜보자고 해서 안 줄였어."

엄마의 걱정스러운 물음에 대답하며 나는 휴지로 눈을 꾹꾹 눌렀다.

| | |
|---|---|
| 의사 선생님 | 내원일이 아닌데 어떻게 왔어요? |
| 나 | 큰 불안이 들이닥쳤어요. 저녁 약을 먹고 가라앉기는 했는데, 일주일째 온 신경이 예민해져서 삐죽삐죽 서요. 몸이 덜덜 떨려요. |
| 의사 선생님 | 일주일 사이에 신경 쓰이거나 스트레스받는 일이 있었어요? |
| 나 | 아니요, 약을 줄일 용기가 생길 만큼 괜찮았어요. |
| 의사 선생님 | 그럼 문제가 뭘까요. 본인의 어떤 점이 불안을 불러왔 |

을까요.

| | |
|---|---|
| 나 | 생각해 보니까, 하나 있기는 해요. 주말에 엄마가 좋아하는 가수 콘서트에 가기로 했어요. 그게 신경 쓰여요. |
| 의사 선생님 | 콘서트 가는 게 왜 신경 쓰일까요? 신나는 곳이잖아요. |

지역 아트홀에서 안내원으로 아르바이트를 한 적이 있다. 객석 내부에서 일할 때면 명치가 단단해져서 늘 손끝으로 꾹꾹 누르며 숨을 쉬었다. 공연장 맨 뒤에 서 있으면 수많은 사람의 까만 뒤통수를 거쳐 아득한 무대 조명이 보였다. 어질한 풍경이었다.

가장 싫어하는 업무는 공연 중간에 입장하는 손님을 자리로 안내하는 일이었다. 공연에 방해되지 않게 암전되었을 때 이동해야 했다. 로비에서 티켓에 적힌 자리를 확인하고 고객과 함께 객석에 들어갔다.

밝은 곳에 있다가 어두운 곳에 들어가니 앞이 보일 리 없었다. 앞은 깜깜하고, 고객들은 나만 봤다. 손전등을 뒤로 향해 고객들의 발을 비추며 걸었다. 밤눈이 어두운 나는 길을 헤맸고 머릿속은 새카맸다.

| | |
|---|---|
| 나 | 2년 전에, 공연장에서 아르바이트를 한 적이 있어요. 내부는 깜깜하고 사람이 많아서 답답했어요. 자리를 지켜야 해서 잘 움직이지 못했고요. 맡은 일을 해야 하고 언제 무전이 올지 모르니까요. 숨쉬기도 힘들었어요. |

| | |
|---|---|
| 의사 선생님 | 그럼 힘이 들 때는 어떻게 했어요? |
| 나 | 참았어요. 그러다가 다른 사람한테 화장실 다녀오겠다고 말하고 로비에서 물을 마셨어요. |
| 의사 선생님 | 예안 씨가 공황발작을 처음 겪었을 때가 4년 전이라고 했으니까, 이미 공황에 대해 어느 정도 알고 있는 상태에서 일한 거네요? |
| 나 | 네, 맞아요. 그때가 한창 버스도 못 타던 시기였어요. |
| 의사 선생님 | 어머니는 예안 씨가 공연장을 불편해하는 걸 알고 계세요? |
| 나 | 아니요, 말 안 했어요. 엄마는 기대하고 있을 테니까요. |
| 의사 선생님 | 어머니가 먼저 같이 가자고 했나요? |
| 나 | 제가 먼저요. 같이 소리 지르고 박수 치고 노래 부르면 엄마도 주변 신경 쓰지 않고 즐길 수 있을 것 같아서요. 저 스스로 불편해하는 곳에 부딪혀 보고도 싶었고요. |
| 의사 선생님 | 그렇죠. 공연장은 즐거운 곳이지 무서운 곳이 아니에요. 불편했던 경험 때문에 불안이 올라온 것 같네요. 그런데 그때는 치료를 하지 않았고, 지금은 치료 중이잖아요. 그러니 힘든 일은 없을 거예요. 이겨 내겠다는 생각이 있으니 분명 괜찮을 거예요. |

선생님은 내게 비상약을 처방해 줬다. 약을 먹으니 몸이 편안해졌다. 콘서트에 가기 전 엄마에게 얘기했다.

이 상황을 알고 있으면, 내가 불안해질 때 도와줄 수 있을 거라고 생각했다.

"엄마, 나 사실 공연장에 가는 게 무서워."

"왜?"

"아트홀에서 일할 때, 늘 공연장 안에만 가면 답답했어. 숨 막히고. 어두워서 길도 안 보이고, 밖에 나가고 싶고, 불안했어. 선생님이 그때의 기억 때문에 공연장을 불안해하는 것 같대."

"그럼 어떡해?"

"그래서 약을 늘렸어. 약 먹으면 되니까 아마 괜찮을 거야."

"거기 공연장은 크니까 답답하지 않고 괜찮을 거야."

"응. 아, 생각해 보니까 예전에 갔었던 학교 축제 공연이랑 콘서트에도 사람이 정말 많았어. 다닥다닥 붙어서 뛰는데, 공기가 갑갑했어. 이러다 죽는 거 아닌가 싶을 정도로. 실제로 몇 명이 넘어지거나 쓰러져 실려 나가는 걸 봤어."

"그래, 그런 경험이 있으니까 불안했을 수도 있겠다. 그런데 우리가 가는 곳은 전부 좌석이고 넓어. 각자 자리에 앉는 거니까 괜찮아."

"응, 맞아. 괜찮아."

약 먹을 시간만 기다린다. 몸에 들어가 빨리 퍼지길, 물 먹은 나를 말려 주길. 햇빛에 나를 널어놓고 싶다.

무섭다가 지치다가, 이제는 화가 치민다. 더 이상 겁먹고 숨어서 울기 싫다. 내가 이겨야지, 이길 거다. 불안에서 도망칠 수 없다면, 이제는 부딪혀 볼 거다.

2018.11

콘서트가 열리는 체조 경기장에 도착했다. 일찍 도착했는데도 사람이 많았다.

'이 규모면 의무실 정도는 배치해 놨겠지. 서울이니까 근방에 큰 병원도 있을 거야.'

자리를 찾아 객석에 들어갔다. 비상구와 가까운 통로 좌석이었다. 무슨 일이 생기면 바로 공연장 밖으로 나갈 수 있겠다고 생각했다.

비상약을 삼키고 사람들을 구경했다. 하나같이 들뜨고 설레는 표정이었다. 홀로 움츠러든 내 모습은 그곳과 어울리지 않았다.

암전이 되고 무대에 막이 올랐다. 관객석의 응원봉이 반딧불이처럼 노랗게 빛났다.

나　　　　공연장에 잘 다녀왔어요. 가 보니까 통로 옆자리였어요. 비상구도 가까웠고요.

| | |
|---|---|
| 의사 선생님 | 언제든 나갈 수 있다는 생각이 들면서 편해졌겠네요. |
| 나 | 맞아요. 초반에는 불안했는데 바로 괜찮아지더라고요. |
| 의사 선생님 | 공황은 밀폐된 곳과 어두운 곳에서 주로 발생해요. 대표적으로 영화관이요. 정해진 좌석이 있고, 사람이 많죠. 어둡고요. 창문도 없고, 출구가 어딘지 잘 보이지 않죠. 보이지 않으니까, 공황이 와도 도망갈 수 없다는 생각에 힘들어지는 거예요. 공연장도 같은 맥락이었겠네요. |

석 달 후에 다시 콘서트를 보러 갔다. 비상구가 잘 보이는 통로 자리에 앉았다. 힘들면 언제든 나갈 수 있다는 생각에 두렵지 않았다. 불안하지 않으니 더 많은 걸 보고 즐길 수 있었다.

공연장은 무서운 곳이 아니라 즐거운 곳이 맞았다. 나는 응원봉을 흔들었다. 새까만 어둠 속에서 나도 여러 사람과 함께 빛나고 있었다.

## 잠자는 시간을
## 앞당기니 일어난 일

대학교 1학년 때 철학 관련 교양 수업을 들었다. 교수님
은 프로이트의 《꿈의 해석》을 설명하면서 본인의 꿈 이야기를 했다.
꿈속에서 첫사랑과 키스를 했다고 말이다.

그는 꿈에서 깨자마자 일기에 내용을 기록하고 자신의 무의식을 분
석했다고 말했다. 본인의 억압된 욕구가 어린 시절의 모습으로 나타
난 것 같다고 했다. 아마도 그 시절의 자신을 그리워하는 것 같단다.
나는 그를 이상한 변태라고 생각했다.

나도 꿈에 의미를 부여하기 시작했다. 공황이 생긴 이후로 매일같이
꿈을 꾸게 되면서부터였다. 잊고 지내던 사람들이 자주 등장했다. 어
릴 때 곁을 함께했던 사람들이었다.

무의식중에 그들을 그리워했나 싶으면서도, 불안한 지금보다 즐거웠던 그때의 내가 보고 싶어 그들을 부른 거라고 생각했다. 그래도 무심코 떠오른 그들의 모습에 잠에서 깨어 카톡 프로필 사진을 찾아봤다. 잘 지내는구나 생각하면서도 연락은 하지 않았다.

꿈에는 대통령도 나왔고, 날아다니는 현무와 승천하는 용도 나왔다. 곧바로 로또를 샀지만 꽝이었다, 개꿈이었다. 알게 모르게 내가 열혈 지지자였구나, 판타지를 좋아하나, 출세욕이 있나 보다 생각했다.

꿈을 꾸는 게 무서워졌다. 불안이 심해지면서 악몽만 꾸게 된 것이다. 누군가에게 쫓기고, 높은 곳에서 떨어졌다. 온갖 뱀과 벌레가 득실거렸다. 매일같이 추락하는 비행기를 타고 생사를 오갔다.

움직이지 않는 버스를 탄 적도 있다. 버스 안에는 많은 사람이 표정 없이 앉아 있었다. 한참이 지나도 출발하지 않아 나는 버스에서 내렸고, 그제야 기사님은 시동을 걸고 떠났다. 잠에서 깨어 생각했다.

'버스에서 내리길 정말 잘했다. 그건 분명 저승 행이었을 거야.'

매일 아침에 일어나서 지난밤에 꾼 꿈의 의미를 생각했다. 모두 불안과 공포의 시각화였다.

의사 선생님     잠은 잘 자나요?

나     여전히 꿈을 자주 꿔요, 악몽이요.

| 의사 선생님 | 아직은 불안이 좀 있나 보네요. 무의식에 내재된 불안이 꿈으로 나타난 거예요. 꿈을 꾸면 피곤한가요? |
|---|---|
| 나 | 잠을 자도 잔 것 같지 않아요, 늘 피곤해요. |
| 의사 선생님 | 몇 시에 자서 언제 일어나요? |
| 나 | 세 시에서 다섯 시요. 잠자는 시간에 따라 열 시, 열한 시, 열두 시에 일어나요. |
| 의사 선생님 | 잠을 자는 시간은 깨어 있는 시간을 기준으로 정해져요. 열여섯 시간을 깨어 있다가 잠에 든다고 하면, 예안 씨는 새벽 네 시에나 잠을 잘 수 있는 상태가 돼요. 꿈을 계속 꾼다는 건, 수면의 질이 좋지 않고 깊이가 얕다는 거고요. |
| 나 | 분명 외부의 소리가 안 들리고, 수면 시간도 길고, 중간에 깨지도 않거든요. 그런데 왜 꿈을 꾸는 걸까요? |
| 의사 선생님 | 이런 수면 패턴을 갖고도 잘 적응해서 지내는 사람이 있어요. 하지만 예안 씨는 안정제를 먹으면서도 잠을 잘 자지 못하잖아요. 몸이 적응하지 못하고 힘들어 하는 거예요. |
| 나 | 새벽에 일하는 걸 좋아하거든요. 그때가 집중이 잘 돼서 제게 잘 맞는 줄 알았어요. |
| 의사 선생님 | 공황장애는 자율 신경계가 예민해지는 거예요. 잠을 잘 |

자지 못하면 신경계가 예민해져요. 커피를 마시거나 몸
이 피곤하거나 달리기를 하면 어떨까요?

나　　　　　음… 똑같이 신경계가 예민해져요, 두근거리고.

의사 선생님　그 두근거림을 뇌가 잘 구분할 수 있을까요?

나　　　　　그걸 구분하지 못하나요?

의사 선생님　구분하지 못해요. 결국은 잠을 못 자서 피곤한 것도 '공
황장애는 아닐까?' 하고 생각할 수밖에 없어요. 그래서
그런 걸 구분할 필요가 있고, 잠을 잘 자는 게 중요해요.

잠자는 시간을 앞당겼다. 약을 꾸준히 먹고 어느 정도 안정이 되면
서부터 악몽을 꾸지 않게 되었다. 대신 약 기운처럼 몽롱하고 흐릿한
것들이 보였다. 선명하지 않은 그 모호함이 오히려 편안했다.

지인들이 꿈에 다시 나타났다. 불안이 걷힌 것이다. 여전히 어릴 때
곁을 함께했던 사람들이었다.

반가웠다. 꿈에서 깨고도 한참 동안 그들의 모습을 생각했다. 나는
카톡에서 그들의 이름을 찾아 눌렀다.

'요즘 뭐하고 살아. 생각나서 연락했어.'

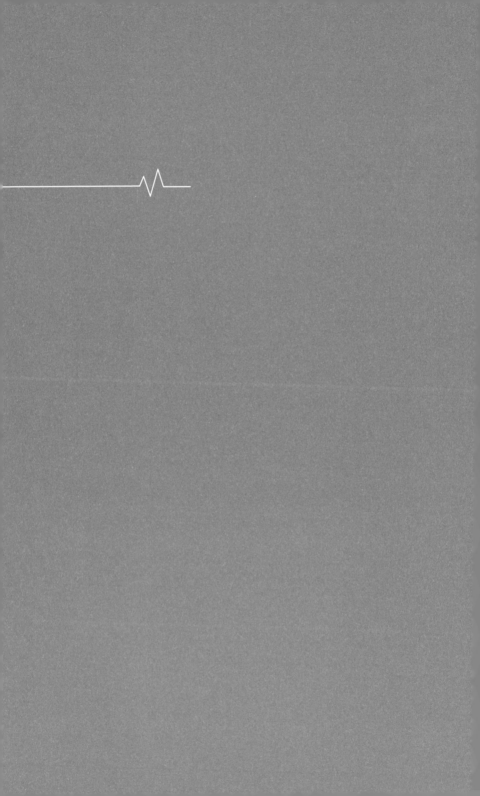

# 5부

# 작은 불안쯤은
# 익숙해져 갔다

—

## 그때가
## 불편했습니다

"저와 악수했던 게 불편했나요? 돌아보니 신경 쓰여서요. 요즘 이런 것에 민감한 때니까…."

단행본 삽화 건으로 만났던 저자의 전화였다.

"아니요, 악수였는데요 뭐. 잘해 보자는 뜻이었고요. 신경 쓰지 않으셔도 됩니다."

괜찮다고 말했지만 나는 불편했다. 악수가 아닌, 그와 만났던 시간이 모두 불쾌했다.

프리랜서는 고정된 수입이 없다. 일이 없으면 조급해진다. '이 일이 나와 맞지 않는 건가, 내게 능력이 없는 건가' 하고 끊임없이 고민한다.

그날도 스스로를 의심하던 중이었다.

그때 전화가 왔다. 자신의 책에 들어갈 삽화를 의뢰하고 싶다는 저자였다. 나는 작업비와 일정을 물어본 뒤 저자와 만나기로 했다.

약속 장소는 강남이었다. 가깝고 또 자주 가는 곳이어서 다행이었다. 낯선 곳을 마주하는 것보다 안정적이니 말이다. 아침 약을 먹고 한 시간 동안 지하철을 탔다. 카페는 평일 낮인데도 사람들로 소란스러웠다. 작은 공간이 대화 소리로 터질 듯했다.

한 시간 일찍 도착한 나는 도서관에서 빌려 온 저자의 지난 책을 읽었다. 그가 어떤 얘기를 하는 사람인지, 이전에 어떤 삽화를 실었는지 알기 위해서였다. 페이지는 넘어가는데, 글은 읽히지 않았다. 눈은 활자를 쫓고만 있었다.

낯선 사람을 만난다는 것과, 미팅을 잘 끝내야 한다는 것. 그런 생각을 갖고 소란한 틈에 있는 게 불안했던 거다. 책을 잡은 손이 떨렸다. 손목시계 초침이 빠르게 째깍거렸다.

저자가 개인 사정으로 늦게 도착했다. 나는 30분 더 경직되어 있었다. 군중 속에 홀로 방치된 것 같았다.

"인상이 깨끗하네요, 예뻐요."

내가 저자에게 들을 첫 마디였다. 그저 분위기를 풀어 보자는 의미겠지 생각하며 감사하다고 대답했다.

"정말 예쁘시네요. 배우 닮았는데, 누구더라. 그런 말 들어 본 적 없어요?"

내가 예쁘던, 그렇지 않던 그에게 무슨 상관일까.

"아, 아니에요. 감사합니다."

습관적으로 감사하다고 대답했다. 그가 내게 예쁘다고 말한 게 내가 고마워 해야 할 일인가. 그는 아빠와 비슷한 또래였다. 어른들은 젠더 이슈나 요즘 민감한 것들이 뭔지 모르니 그럴 수 있었다.


나는 명함과 함께 출력한 포트폴리오 책자를 건넸다.

"웹사이트에서 제 그림을 보고 연락하셨다고 했는데, 혹 어떤 이미지가 작가님 글과 맞다고 느끼셨나요? 해당 그림을 알면 작업하기 수월할 거예요."

그는 책자를 몇 장 넘기더니 덮었다.

"그냥, 다 좋던데요."


그가 원고를 건네며 내용을 설명했다. 좋게 말하면 동양 철학의 선구자였고, 객관적으로는 사이비였다. 나는 연신 고개를 끄덕이며 맞장구쳤다. 작업비가 높게 책정되어 있어서였다. 궁금한 게 없냐는 그의 말에 물음을 쥐어짜기도 했다. 내가 반응을 잘해 줘서일까. 그가 내게 말했다.

"대화를 해 보니까, 얼굴만 예쁜 게 아니네요. 매혹적이에요."

몇 년 전, 아트홀에서 안내원으로 일하던 때가 생각났다. 안내원은 공연 시작 두 시간 전에 출근한다. 나는 핫 핑크색 유니폼으로 갈아입고 머리를 묶어 머리망에 넣었다. 속 굽이 있는 구두를 신었다.

공연 시작 전, 화장을 고치고 있을 때 매니저가 입술을 더 빨갛게 바르라고 했다. 공연장에 가면 조명 때문에 화장이 날아간다는 이유였다. 나는 입술을 빨갛게 덧칠했다.

아트홀 면접을 보러 갔을 때 면접관은 내게 안내원의 주요 덕목이 뭐냐고 물었다. 나는 정확한 정보를 전달하는 거라고 답했다. 면접관은 틀렸다며, 사근사근한 웃음이라고 말했다. 안내원은 공연장의 꽃이라고 했다.

공연은 소극장에서 진행되었다. 객석 담당이었던 나는 고객에게 자리를 안내하고, 음식물 섭취나 사진 촬영을 막기 위해 계단을 오르내렸다. 좌석에 앉아 있던 두 남자가 나를 불렀다. 30대 후반쯤 돼 보였다. 나는 계단을 올라 그들에게 갔다.

"고객님 필요한 거 있으세요?"

"펜 좀 빌려 줄 수 있어요?"

"로비 데스크에서 빌리실 수 있어요."

그는 집게손가락에 끼운 공연 팜플렛을 흔들며 말했다.

"아, 아쉽네요. 펜 있으면 여기에 그쪽 번호 좀 써 달라고 하려고 했는데."

당황한 나는 입술만 달싹였다. 그는 "장난이에요" 하며 친구와 킬킬 웃었다. 나는 아무 말도 하지 못한 채 뒤돌아 계단을 내려갔다. 내가 일을 하는 곳이었다, 괜한 소란을 만들어 좋을 게 없었다.

입고 있는 유니폼을 만지작거렸다. 치마의 뒤트임이 신경 쓰였다. 그들의 눈이 내 뒤에 박혀 있을 것 같았다. 빨리 공연이 시작되길 바라며 손목시계를 확인했다. 핑크색 소매가 눈에 거슬렸다. 같은 색으로 칠해져 있을 입술을 지우고 싶었다.

그때와 상황은 달랐지만 비슷한 감정이었다. 불쾌하고 수치스러웠다. 그런 말을 듣는 게 불편하다고 저자에게 말할까 고민했다. 하지만 나는 일이 필요했다. 서로 기분이 상해 일을 망칠 수는 없었다. 나만 넘어가면 아무것도 아니었다. 괜히 셔츠에 달린 단추만 매만졌다.

그는 내가 젊은 사람이라 만나 보고 싶었단다. 기성 작가들과 다른 차별점이 기대된다고 했다. 나는 내 나이와 열정을 어필했다. 작업이 끝나면 추가될 경력과 포트폴리오를 떠올렸다. 또 다른 작업 제안으로 이어질 수도 있었다.

그림 얘기가 하고 싶었다. 각 장과 꼭지에 들어가는 이미지에 대해 세세하게 의논하고 싶었다. 그는 종이 한 장을 꺼냈다. 그가 원하는 이미지가 구체적으로 적혀 있었다. 원고의 내용을 알지 못해도 그림을 그릴 수 있을 정도였다.

그는 핸드폰을 꺼내 사진 몇 장을 보여 줬다, 그림이었다. 이미 두 명의 작가에게 시안을 받았다고 했다. 내 그림도 이런 식으로 다른 사람들에게 보여질까. 두 시간 동안 그림 얘기는 채 15분도 하지 않았다. 몇 장 넘기지 않은 포트폴리오가 원고 밑에 아무렇게나 놓여 있었다.

스케치 시안을 보내기로 하고 자리를 정리했다. 가방을 챙겨 일어나는 내게 그가 말했다.

"다시 봐도 예쁘네요, 정말 매력적이고요."

나는 말을 돌리며 그를 카페 밖으로 인도했다. 그는 갈림길 앞에서 잘 부탁한다며 악수를 청했다. 나는 그의 손을 잡았다.

집에 가기 위해 강남역에 갔다. 사람들이 바쁘게 걸어 다녔다. 시계를 보니 여섯 시가 넘어가고 있었다. 초침이 더디게 움직였다. 긴장이 풀린 나는 가라앉아 있었다. 지하철 거울에 비친 나는 입술을 빨갛게 칠한 채, 또각이는 신발을 신고 있었다. 왜 저런 모습을 하고 있는 걸까.

세 컷의 스케치 시안을 보냈다. 며칠 뒤, 저자에게 전화가 왔다. 내 그림은 에세이와 어울려서, 인문학 저서인 그의 책과 어울리지 않는단 다. 다른 작가와 일을 하게 되었다고 했다. 미팅 때 내게 보여 준 그림 작가였다.

나는 "아쉽지만, 어쩔 수 없죠. 나중에 더 좋은 일로 뵈었으면 좋겠습 니다" 하고 답했다. 그는 서울에 오면 밥을 사 줄 테니 연락하라고 말했 다. 나는 알겠다며 전화를 끊었다. 그에게 연락할 일은 없을 것이다.

시안 작업비가 입금되었다. 하고 싶었던 일이었지만, 하지 않게 되 어 다행이었다.

―

## 예민한 나는
## 몸도 많이 아팠다

속이 좋지 않아서 서울에 있는 유명 한의원에 다녔다. 선생님은 내 모든 문제가 위장에 있다고 했다. 머리와 배가 아프고, 몸이 약한 것까지 말이다. 공황장애 증상을 얘기했을 때도 같은 원인이라고 했다.

위가 약해 스트레스에 민감한데, 위장은 심장과 가까이에 있어 서로의 영향을 받는단다. 그것 때문에 심장의 기운이 약해졌다고 했다. 등록금과 같은 치료비를 지불하고, 달라진 건 부모님께 경제적 죄책감이 더해졌다는 것뿐이었다.

공황장애의 치료 목적으로 한의원에 다닌 적이 있다. 그곳에선 심기가 약해져 신경계 조절이 원활하지 못할 때 공황장애가 생긴다고 했다. 위가 좋지 않아도 자율 신경계에 이상이 생긴다고 하니, 비슷한 맥락인 것 같았다.

새벽까지 작업을 하기 위해 자정 무렵 시리얼을 먹었다. 이른 아침, 구역감과 오한에 잠에서 깼다. 거울을 보니 얼굴은 핏기 없이 얇은 백지장이 되어 있었다. 사혈 침으로 열 손가락 끝을 찔렀다. 빨간 피가 바닥에 흩뿌려졌다.

문이 열리자마자 찾아간 내과에서 밤에 시리얼을 먹었다고 혼이 났다. 구토 억제제 주사를 맞고, 위장관 조절약을 먹었다. 그래도 낫질 않아 동네 한의원에 갔다. 어릴 때부터 줄곧 다니던 곳이라, 병원에 갈 때마다 선생님은 '또 이걸로 왔어?' 하고 말씀하신다. 늘 같은 곳, 같은 증상, 몇 년이 지나도 그대로인 운동성 없는 위장 때문이다.

"요즘 스트레스 받는 일이 많았나 봐요. 그럴 때마다 찾아오잖아요. 젊은 사람이 매번 이래서 어떡해요."

"저 잘 지냈어요. 내과에서는 밤에 우유랑 시리얼을 먹어서 탈이 났다고 하던걸요."

"본인은 스트레스를 받지 않았다고 생각해도 그게 아니에요. 계속해서 신경이 예민해지니까 정신이 피로해서 외면하고 무감각해진 거예요. 몸은 그러지 못해 아프고요. 그런 상태니까 뭘 먹어도 얹히는 거지. 지금 맥이 엄청 안 좋아요."

내 나름대로 괜찮은 생활을 하고 있다고 생각했다.

무의식적으로 스트레스를 받는 일이 있었나, 여행을 다녀온 긴장이 풀려서일까, 집에 할머니가 오신다는 게 신경 쓰였나, 아니면 진행 중인 일이나 꿈과 미래에 관한 걱정일까.

이 정도 고민은 누구나 안고 살아갈 것이다. 일상적이고 평범한 것들이니 말이다.

손과 발, 배와 머리에 침을 맞았다. 등에는 여러 번의 사혈과 함께 동그란 부황 자국이 생겼다. 정신은 자극을 외면하고 무감각해졌다는데, 몸은 작은 바늘에도 움찔거렸다.

—

## 초보가 초보 티
## 나는 게 어때서요?


　박 작가님께 연락이 왔다. 그룹 전시를 통해 만났던 작가님인데, 새로운 연합 전시의 큐레이팅을 맡았다고 했다. 작가님이 내게 전시를 함께하겠냐고 물었다.

　'이건 무조건 해야 한다. 기회는 주어질 때 잡아야 해.'


　손 그림이 없어서 그림을 새로 그려야 했다. 컴퓨터 작업은 포토샵과 타블렛만 있으면 되는데, 손 그림은 어떤 물감과 종이를 써야 할지 기본적인 선택부터 어려웠다.

　캔버스에 아크릴 물감을 쓰기로 했다. 수채화를 하듯 물 먹은 터치를 쌓았다. 기존에 올려놓은 색이 벗겨졌다. 허연 캔버스가 보였다. 화실에서 유화를 배울 때와 같은 실수였다.

대학생 때 들었던 미술 치료 수업 교수님은 불안이 있는 사람에게 물을 쓰지 않는 건식 재료를 쓰게 한다고 말했다. 나는 마카와 색연필을 꺼냈다. 종이를 재단하고 밑바탕을 칠했다. 덩어리 없이 색만 얹은 모호함에 완성했을 때의 모습이 그려지지 않았다.

그림을 그리던 중 전시회에 참여하는 작가님들과 미팅을 가졌다. 평소 좋아하는 작가님도 있었고, 오래된 경력의 중견 작가님도 보였다. 오가는 대화가 신기해 이리저리 고개를 끄덕였다.

이런 자리에 오게 되면 내가 제일 어리고 경력이 없다. 그런 내게 저마다 나이를 물었다. 나는 빠른을 빼고 제 나이를 얘기했다. 한 살이라도 어려야 어리숙하고 실수가 잦아도 '그래, 저 친구는 아직 어리잖아' 하고 넘어갈 수 있어서였다.

미팅을 끝내고 든 생각은 '잘해야 된다'였다. 어설픈 그림으로 그 사이에 낄 수는 없었다. 급해진 마음으로 채 덩어리가 잡히지 않은 그림에 묘사를 끼얹었다. 대상이 뒤틀렸다, 그림이 이상해졌다. 이것밖에 못하나 스스로에게 실망했다. 무엇보다 괴로웠던 건, 이런 그림으로 전시를 한다면 다른 작가님들께 폐만 끼칠 거라는 생각이었다.

어떻게든 완성해야 했다. 초벌에서 버린 그림만 석 장이었다. 감을 익히기 위해서라도 끌고 가야 했다. 밤을 꼬박 새워 그림을 완성했다, 다행히 나쁘지 않았다.


나          알고 있던 작가님이 함께 전시를 하자고 하셨어요. 그
            래서 새로 그림을 그리는데 잘 안 돼요. 자괴감까지 들
            어요. 같이 전시를 하는 작가님들이 되게 멋진 분들이
            거든요. 그분들 사이에서 모자라 보이고 아마추어 티가
            날까 봐 걱정돼요. 그룹 전시니까 제가 폐가 될까 봐요.

의사 선생님   연락했다는 작가님은 예안 씨가 일을 시작한 지 얼마
            안 됐다는 걸 알고 있나요?

나          네, 알고 계세요.

의사 선생님   그럼 뭐가 문제예요? 알면서 섭외한 거잖아요. 아마추
            어가 아마추어인 티가 나는 게 어때서요?

나          티 내고 싶지 않아요. 잘하고 싶어요. 모자람 없이, 완
            벽하게요.

의사 선생님   욕심이라는 생각은 안 들어요?


  욕심이라고 생각해 본 적 없었다. 이 일에서만큼은 모든 걸 잘 해내
는 게 내겐 당연한 거였다. 능력보다 과하게 바랐으니 욕심일 수도 있
겠구나 싶었다.

| 나 | 이 분야에서만큼은 욕심나요. 그만큼 괴롭고 힘들어요. |
|---|---|
| 의사 선생님 | 그렇지만 처음인 걸 어쩌겠어요. 그분들은 다 해 본 일이어서 경력이 쌓인 거잖아요. 전시에 참여하는 작가들의 나이가 어떻게 구성됐어요? |
| 나 | 저만 20대고, 30대부터 70대 작가님까지 있어요. |
| 의사 선생님 | 거기서 예안 씨 역할이 뭐라고 생각해요? |
| 나 | 글쎄요, 다양한 연령층에서 20대를 맡은 거요. |
| 의사 선생님 | 그럼 거기 있는 사람들이 예안 씨에게 프로다움을 기대할까요? 중견 작가들처럼? |
| 나 | 어… 아니요. |
| 의사 선생님 | 아마추어 티가 나는 건 당연해요. 누구나 처음은 있어요, 다른 작가들도 그런 시절이 있을 거예요. |

선생님의 말을 들으니 조금은 마음이 놓였다.
'그래, 나는 처음인 걸. 능숙하지 못한 게 당연해.'


그림을 세 점 더 그려서 충무로에 갔다. 도록에 넣을 그림을 데이터화하기 위해서였다. 원형 스캐너에 넣은 그림이 뱅글뱅글 돌아갔다. 그때 뻥! 하는 소리와 함께 그림이 바닥으로 튕겨져 나왔다. 사이즈가 맞지 않아서였다. 그림 밑부분이 찢어졌다.

내 첫 번째 작업. 심하게 찢어진 부분은 잘라 냈지만, 찍히고 자국이 난 건 어쩔 도리가 없었다. 사이즈를 맞추기 위해 다른 그림도 3센티미터씩 잘라 냈다. 표구사에서 액자를 맞추고 집에 가는 길, 잘려 나간 그림 생각에 눈물이 뚝뚝 떨어졌다.

박 작가님께 그림 데이터를 보냈다. 작가님이 내게 스캔을 했냐고 물었다. 도록에 넣는 그림은, 스캔이 아닌 사진 촬영이 좋다고 했다. 잘하고 싶어서 비싸고 좋다는 걸 찾았는데, 옳지 않은 선택이었다. 물어보고 할 걸 후회하면서도, 그러지 못했을 나를 안다.

작가님은 그림 사진을 찍어 보라고 하셨다. 그림은 표구사에 맡긴 상태였다. 하는 수 없이 작가님이 포토샵으로 데이터를 조정했다. 폐를 끼치고 싶지 않았는데, 폐를 끼쳤다. 내가 모자라 보였다.

해 본 적이 없어서, 처음이라는 말로 실수하는 게 싫다. 외부 미팅을 할 때, 어린 나이가 좋았던 건 어리숙해도 넘어갈 수 있다는 이점 때문이었지만 그게 당연시되는 건 싫다. 잘 모르지만, 잘하고 싶다.

다들 얘기한다. 시간이 지나 경험을 하면서 능숙해지는 거라고, 지금이 당연한 거라고. 알고 있지만 시행착오를 겪고 싶지 않다. 모든 게 내 모자람 탓인 것 같아, 당연한 일도 당연하지 않게 다가온다.

걱정이 됐는지 박이에게서 연락이 왔다.

"전시 준비 힘들어?"

"지금은 나아졌어, 그 자괴감과 열등감…."

"네 성격인 건 알지만 뭐든 완벽하게 안 해도 돼. 넌 잘하고 있고, 모든 과정에서 성장해 나가는 게 있을 테니까. 자책하거나 힘들어 하지 마."

새벽 감성이냐며 웃고 놀렸지만, 여러 번 읽고 저장해 놓았다. 마지막 말이 좋았다. 가장 듣고 싶었던 말이었나 보다.

끝났나 싶다가도 실수가 반복됐다. 오류투성이, 뭐 하나 제대로 하는 게 없었다. 또다시 자책, 자책. 교수님과 선생님이 보고 싶었다. 나는 왜 혼자 일을 해서 선배도 없을까. 걸음마만 뗀 채로 세상에 던져진 것 같았다.

지금의 나는 모든 게 서툴고 어렵다. 나이가 들면 나아질까? 처음이라는 말에 설렘보다 두려움이 앞서는 나는, 처음 아닌 해 본 것들이 더 많아지고 싶다.

—

## 결국 나는
## 드러난다는 깨달음

학교에서 상담하던 때, 그림으로 나를 표현해 볼 걸 권유받았다. 그 얘기를 듣고 잠수 타듯 상담을 끝마쳤다. 하고 싶었지만 할 수 없어서 괴로웠다. 작가란 내면을 표현할 줄 알아야 한다고 생각했기에, 나는 작가가 되긴 글렀다고 생각했다.

일을 시작하고 작가라는 말을 듣고 있다. 부끄럽고 창피하다. 내게 그럴 만한 가치가 있을까. 그림 속에 이야기를 담고 마음을 담고자 했지만 여전히 어렵다.

전시 도록에 넣을 작가노트가 필요했다. 난감했다. 내 작업에 주제가 있던가. 그냥 그렸을 뿐인데. 여행 갔던 곳, 봤던 곳, 내가 잘 그릴 수 있는 물체들. 의미 없는 그림을 그럴싸하게 포장하기 위해 애를 먹었다. 작가라는 타이틀을 달고 그냥일 순 없었다.

전시장 지킴이로 있던 날, 한 남자가 내게 작품 설명을 요청했다.

"이 작품에 대해 설명해 줄 수 있나요?"

새로 그린 게 아닌, 지난 여름에 그린 그림이었다. 한 번 가 본 곳.

"아, 제가 좋아하는 공간을 그렸어요."

어물쩡거리며 내가 대답했다.

"왜 여기를 좋아하죠?"

그가 다시 물었다. 나는 내 그림을 봤다. 왜 이곳을 좋아했을까.

"사이프러스 나무를 본 뒤의 인상이에요. 이때 처음 봤는데, 크기가 되게 컸어요. 혹시 보신 적 있으세요?"

"아니요, 본 적 없어요."

"제 키의 세 배는 되어 보였어요. 나무의 기둥이 어디인지 알 수 없었고, 색이 진하고 밀도가 높았어요. 빽빽한 어둠에 위압감이 들었어요. 어딘가 비현실적이었고요, 선명하면서도 몽롱했어요."

나는 다시 내 그림을 봤다. 까만 사이프러스 뒤로 달이 보였다. 달, 그건 내게 특별했다.


대학생 때, 팟캐스트에서 이런 얘기를 들었다. 사람이 예민하고 힘들어질 때 자연 곁에 있는 게 좋단다. 자연은 개인을 평가하지 않고 그 자체로 존재해서, 그 안에서는 평안할 수 있다는 것이었다.

그 얘기를 듣고 매일 밤 걸었다. 화랑대역에서 공릉역까지 이어진 산책로는 폐철길을 따라 봄이면 벚꽃이, 가을이면 갈대가 흐드러졌다. 아름답지만 아쉬웠다. 높은 건물 때문에 달이 보이지 않았다. 해가 져도 달은 뜨지 않았다. 새까만 하늘뿐이었다.

졸업을 하고 본가에 내려와 달을 볼 수 있었다. 하늘은 더 이상 까맣지 않았다. 고요히 가라앉은 빛에 위로를 받았다.

가냘픈 달이 만개하고 사라지길 반복하는 걸 지켜봤다. 나도 저렇게 살면 되는 거겠지 싶었다.

서울에서 달이 보이지 않아 아쉬웠던 건, 달이 내게 위로 이상의 의미가 있어서였다.


"사이프러스 나무 뒤로 달을 그렸어요. 혹시 《달과 6펜스》라는 소설 아세요?"

잠깐의 생각을 끝낸 내가 그에게 물었다.

"네, 알아요. 고갱을 모티브로 한 소설이요."

"달을 좇는 주인공을 보면서 아… 나는 달을 원하면서 고작 6펜스를 좇고 있었구나 싶었어요. 달은 이상이고 꿈이에요, 제가 좇고 싶은 것이고요. 그래서 그림 속에 넣었어요. 비현실적인 두 존재의 만남을요. 현실이 아닌 이상을 보고 싶은 마음을 담아서요. 사이프러스는 키가 크니까 달에 닿을 수도 있겠다 싶었고요."

남자는 내 말을 듣고 생각에 잠겼다. 팔짱을 끼다가 안경을 올리기도 했다. 그리고 다시 입을 열었다.

"보통 사람들은 좋아하는 곳을 밝게 표현하거든요. 그런데 이 그림은 그렇지가 않아요."

"저는 밝은 곳을 좋아하지 않아요. 해가 지고 조명이 켜지기 전의 파란 시간, 조용히 사색할 수 있는 공간을 좋아해요. 이곳은 호텔이었는데 장례를 치르는 교회와 같이 운영돼요. 고요하고 차분했어요. 마음에 들지 않을 수 없었죠."

내 대답에 그가 턱을 매만졌다. 이해가 되지 않는다는 표정이었다.

"왜 그런 걸 좋아해요? 대부분 밝은 걸 좋아하잖아요."

"이때는 햇빛을 싫어했어요. 밝은 게 저와 어울리지 않는다고 생각했어요. 제 내면에는 빛이 없었거든요. 그래서 날이 어두워질 때가 저와 같아서 편했어요."

"제가 왜 이런 질문을 했냐면, 보통의 그림은 밝은 곳에서 어둠을 표현해요. 그런데 이 그림은 어두운 곳에서 밝음을 그렸어요. 이 그림을 그릴 때 무슨 일이 있었나요?"

말문이 막혔다. 가장 힘들던 시기였기 때문이다.

"지금 공황장애로 치료를 받고 있어요. 이때는 치료 전이었고, 증상이 가장 심했을 때예요."

그가 정답을 찾았다는 듯 밝은 표정으로 그림 밑에 제작년도가 쓰인

표찰을 가리키며 말했다.

"어쩐지, 1년 사이에 그림이 달라져서 궁금했어요."

그의 말을 듣고 다시 그림을 봤다. 색이 없고 어두운 작년에 비해 올해 그린 그림은 밝고 채도가 높았다. 나도 몰랐던 그림의 변화를 타인을 통해 알게 되었다.

그는 미술 심리와 관련된 일을 하고 있다고 자신을 소개했다. 그래서 분위기가 달라진 그림에 이유가 있는지, 왜 어둠을 그렸는지 알고 싶었다고 말했다. 그는 내 이야기를 듣고 고개를 여러 번 끄덕이더니 그림을 구매했다.

지난해는 색을 쓰는 게 어려웠다. 빛과 색이 나와 어울리지 않다고 생각했다. 일을 할 때면 밝은 색을 썼지만, 개인 작품을 할 때면 한없이 어두워졌다. 공황장애 치료를 시작하고 안정이 되면서부터 밝고 채도 높은 색을 쓸 수 있게 되었다.

전시장에 걸려 있는 올해 그린 그림은 전부 원색 계열이었다. 한 작가님은 내 그림을 보고 이렇게 말했다. 내 안에서 뭔가를 발견한 것 같았다.

"겉모습은 여린데 색을 쓰는 걸 보면 달라요. 강한 주황색이나 핑크색을 쓰는 걸 보면, 내면에는 단단한 자아가 있는 게 분명해요."

그림에는 색 외에도 내 무의식이 나타났다. 그림 속에 있는 사람들은 전부 위태로웠다. 사람이 아주 높은 나무 위에 앉아 있고, 절벽의 끄트머리에 놓여 있었다. 나는 평온한 모습을 그렸다고 생각했는데, 아니었다. 남자는 나의 내면이 아직 불안정하다는 뜻이라고 말했다.

찍은 사진을 참고해서, 내가 잘할 수 있는 것만 골라 그린 그림이었다. 지극히 의식적으로 그린 그림에도 내면이 반영되어 있었다.

그림에 이야깃거리를 줬으니 공황이 찾아온 것에 고마워해야 할까. 공황이 다 지나가면 그림이 어떻게 바뀔지 궁금해졌다. 그때는 밝은 곳에서 어둠을 그릴 수 있을지, 그림 속 인물이 안정적으로 보일지도 말이다.

'나'를 표현하는 그림을 그리고 싶었지만 어떻게 표현해야 할지 몰라 그저 머리와 계획으로 그렸다.

전시장에서 대화를 하며 깨달았다. 굳이 이야기를 지어내지 않아도 결국 '나' 는 드러난다. 애써 뭔가를 하지 않으려고 한다.

그냥 그림을 그릴 거다. 그저, 그냥.

—

## 어느새
## 불안에 익숙해졌다

지역 도서관에 '나도 작가 되기-시민작가 양성 프로젝트' 공지가 올라왔다. 1년간 글을 써 책 한 권을 만드는 프로젝트였다.

대학교 졸업을 앞둔 때, 메일이 한 통 왔다.

'안녕하세요, 김영사 편집부입니다.'

출판사였다. 준비 중인 신간의 일러스트를 맡기고 싶다는 내용과 함께 저자 소개를 덧붙였다. 차가운 손끝을 주무르며 내게 온 메일이 맞는지 확인했다. 기뻐서 비명을 질렀다. 내 방 책꽂이에 있는 책. 내 스무 살의 버팀목, 강세형 작가님의 신간 《시간은 이야기가 된다》였다.

출판사 미팅 후 원고를 받았다. 세상에 공개되기 전 작가님의 글을 읽으니 꼭 특별한 사람이 된 것처럼 들떴다. 본분을 잃고 이야기에 빠져 독서를 하기도 했다. 그러다 한 문장에서 가슴이 설레었다.

'어떤 소설가가 말했다. 우리는 누구나 책 '한 권'은 쓸 수 있다고. 두 권, 세 권은 또 다른 이야기지만, 우리는 누구나 책 '한 권'을 쓸 수 있는 이야기는 가지고 있다고. 그건 바로 나 자신에 대한 이야기.'

누구나 책 한 권을 쓸 수 있다는 게, 내가 살아가는 이 시간이 무의미한 게 아니라 쌓이고 쌓여 언젠가 책으로 펴낼 수 있을 만큼의 이야기가 된다는 것 같았다. 핸드폰 메모장을 켜 적었다.

'서른이 넘고 마흔이 넘었을 때, 내 책을 써 보자. 그때는 많은 걸 겪었을 테니 분명 나만의 이야기가 있을 것이다.'

생각보다 빨랐지만 나만의 이야기가 생겼다. 예민과 불안 그리고 공황. 나는 도서관 홈페이지에서 출간 기획서를 다운받았다. 지원 동기와 가제, 기획 의도, 공황장애를 겪으며 썼던 글을 적었다. 그리고 합격 전화를 받았다.

도서관은 집에서 차를 타고 30분이면 갈 수 있었지만, 대중교통으로는 시내버스 20분과 시외버스 30분을 타야 했다. 오랜만에 타는 시외버스였다. '고작 30분이다' 생각하며 이어폰으로 귀를 틀어막았다.

첫 수업, 맨 앞에 선생님이 서 있고 디귿자로 놓인 책상에 나와 사람들이 앉았다. 열여섯 명의 낯선 사람들이었다. 누가 날 보는 것도 아닌데 긴장되고 경직됐다.

자기소개를 하며 이 프로젝트에 지원한 동기를 말할 때는 뚜렷한 이유가 있고 주저함이 없었는데도 목소리가 떨렸다. 떨림을 들키지 않으려 목소리에 힘을 줬다. 사람들이 내 흔들림을 알아챌까 봐 걱정됐다. 그때, 내 옆에 앉아 계셨던 분이 말했다.

"저는 예안 씨가 공황장애에 대한 글을 쓴다고 말하는 걸 보면서 아, 공황장애가 있는 사람이 맞구나 싶었어요."

"네? 그게 보였나요?"

"내내 경직되고 불안해하는 게 보이더라고요."

절망스러웠다. 티 내지 않으려고 기를 써도 결국 보이는구나 싶었다.

| 나 | 글쓰기 모임에 가게 되었어요. 음, 지난번이 두 번째 수업이었거든요. 그런데 불편해요. |
|---|---|
| 의사 선생님 | 어떤 점이 불편하게 느껴지죠? |
| 나 | 낯선 공간에서 처음 보는 사람들이라 그런가, 도서관에 가기 전부터 좀 불안했어요. 크게 불편한 건 없는데, 두 시간 내내 경직돼서 몸이 뻣뻣했어요. 한 번은 좀 힘들어서 수업 중에 약을 먹었어요. |

| | |
|---|---|
| 의사 선생님 | 예안 씨가 새로운 환경에 노출되면서 불안하고 긴장된다고 했잖아요. 그건 공황과 사회 공포증이 같이 있기 때문이에요. |
| 나 | 사회 공포증이요? |
| 의사 선생님 | 네. 공황장애가 신체 문제라면, 사회 공포증은 성격 문제예요. 공황장애와 사회 공포증 환자에게 약을 어떻게 다르게 쓰는지 알아요? |
| 나 | 글쎄요, 잘 모르겠어요. |
| 의사 선생님 | 공황장애 환자는 예안 씨처럼 약을 꾸준히 먹어요, 사회 공포증 환자는 비상약만 먹고요. 공황은 내재되어 있지만, 사회 공포증은 특정 상황에서 나타나거든요. |
| 나 | 아… 네, 그럼 저는 저녁 약을 도서관에 가기 전에 먹을까요? |
| 의사 선생님 | 네, 안정제가 도움을 줄 거예요. 아무것도 없이 힘든 상황에 노출되는 것보다 약의 도움을 받고 익숙해지는 게 나을 테니까요. |

내게 사회 공포증이 있다는 말은 충격이었다.

'내가? 나한테 사회 공포증이 있다고? 사람이 많은 곳을 싫어해도 무서워하지는 않는걸…?'

대학생 때 발표하는 걸 무서워하는 친구들이 많았다. 말이 빨라지거나, 목소리가 떨리거나, PPT 화면만 보거나, 땅만 쳐다보았다. 나 역시 떨렸지만 곧 안정되었고 목소리에 힘줘 말할 수 있었다. 아니, 잘했다. 그런데 사회 공포증일 수 있나.

생각해 보면 수긍되는 부분도 있다. 유난히 사람 많은 곳을 싫어한다. 영화관에 사람이 적을 때는 불편하지 않았다. 양옆, 앞뒤로 사람들에 둘러싸인 영화관이 불편하고 힘들었다. 식당에서 심장이 덜컹거려 불편했을 때도 사람들이 많아 소리가 웅웅 거렸을 때였다.

단체 생활을 싫어한다. 대학생 때, MT나 OT는 물론 간단한 과모임도 가지 않았다. 팀플 과제가 있는 수업은 모두 수강 철회를 하기도 했다. 얽매이는 게 싫고 답답했다. 내가 자유로울 수 없는 환경이 불편했다. 사람들이 모이면 생기는 큰소리와 의견 대립에 기가 빨렸다.

그것에 대한 강박일까. 싫음과 불편함이 그것들을 불안하고 힘든 것으로 규정지은 걸까. 정신과 질환 치료 중에 모든 원인을 과거에서 찾는 건 좋지 않다고 한다. 과거에 집착해 현재를 볼 수 없다는 이유였다. 알면서도 나는 과거를 뒤적였다. 이유를 찾아야 내가 정당화될 것 같았다.


지금 생각해 보면 도서관에 가기 힘들었던 게 사회 공포증뿐만은 아니었을 거다. 사람들에게 내가 공황이 있다고 말했을 때, 내게 올 시선을 미리 걱정했다. '그거 마음만 편하게 먹으면 되는 거 아닌가? 젊은 사람이 어쩌다가' 하는 반응 말이다. 괜한 기우였다. 사람들은 공황을 내가 가진 병이 아니라 글의 주제로 봐 줬다.

"제 친구도 공황장애가 있어요. 예안 씨 글을 보고 친구가 어땠을지 알게 되었어요. 이제 이해할 수 있어요."

"힘들었던 때를 글로 쓴다는 게 쉽지 않았을 텐데 대단해요."

"예안 씨는 주제에 일관성이 있어서 좋아요."

단체로 듣던 수업은 조별 수업으로 바뀌었다. 일주일 동안 쓴 글을 읽고 의견을 주고받았다. 규모가 작아져서인지, 약 때문인지, 공간과 사람들에 적응이 된 건지, 내가 가진 병을 털어놓아서인지 모든 게 익숙해졌다. 경직되었던 몸이 풀어졌다.

"예전에는 이 사람이 공황장애가 맞구나 생각했는데, 요즘 보면 많이 좋아진 것 같아요."

내게 공황장애 티가 났다고 얘기했던 분이었다.

나는 웃으며 대답했다.

"네. 그때는 경직되고 불안했어요. 요즘은 익숙해서인지 편해졌어요."

시외버스를 타고 오가는 것도 곧 익숙해졌다. 하나씩 이겨 냈고, '이렇게 하면 되는구나' 하며 알아 갔다.

—

## '보통날'이
## 다가오고 있었다

안정기에 접어들자 약이 쌓였다. 약 먹는 걸 잊고 지낼 만큼 괜찮았다. 치료를 시작한 지 10개월째, 약을 줄여 보기로 했다.

"약을 빼먹은 날도 있었는데 불편하지 않았다는 건, 이전보다 훨씬 나아졌다는 거예요. 안정제는 당장에 효과는 나타나지만, 항불안제는 혈중 농도를 조절해요. 약을 먹지 않더라도 농도가 바로 떨어지지 않아 무난히 지냈을 거예요."

말을 마친 선생님은 신경 안정제가 빠진 처방을 줬다. 안정되었으니 근본적 치료제인 항불안제만으로 괜찮을 거라고 했다. 두려웠다. 그동안 안정제는 필요에 따라 단시간에 나의 떨림을 잠재웠다. 겁이 나

고 어려운 일에 부딪힐 때, 덕분에 용기를 낼 수 있었다. 그 평온함이
사라질 것 같았다.

도서관에 가기 위해 탄 버스에서 속이 울렁거렸다, 매스꺼웠다. 약
을 잊고 먹지 않았던 적이 많았지만 불안이 나타난 적은 없었다. 잊고
있으니 인지하지 못했던 것이다. 약이 없다는 걸 의식하자 두려움이
만들어졌다.

날이 더워지자 유난히 힘들었던 그해 여름이 생각났다. 올해는 어떻
게 버틸지 긴장됐다. 공황장애는 6월에서 8월 사이에 가장 심하다고
한다. 자율 신경계가 더위에 민감해서다. 나 역시 그때가 힘겨웠다. 조
금만 더워져도 숨을 쉬는 게 힘들었다. 그때의 내가 떠올랐다.

감량된 약을 먹으며 무사히 일주일을 보냈다. 그리고 같은 처방을
받았다. 신경 안정제 한 알이 아른거렸다. 선생님께 힘들었다고 말해
볼 걸 그랬나. 그 한 알로 편안해질 수 있다는 생각을 지울 수 없었다.

불안해지지 않도록 내가 할 수 있는 걸 생각해 봤다. 카페인과 술
줄이기, 운동하기, 햇빛 보기, 식단 조절하기, 잘 자기.
뇌는 불안의 종류를 구분하지 못하니까 피곤함과 헷갈리지 않도
록 구별 시켜 줘야지.

2019.05.

한 달이 지나자 줄어든 약에 대한 생각이 덜했다. 정말로 괜찮았던 건지, 일상이 바빠 아쉬워할 새가 없었던 건지 잘 모르겠다.

일로 사람을 만날 일이 많았다. 그럴 때면 나는 긍정적이고 쾌활한 사람이 되어야 했다. 사회에서 바라는 인간상이니 말이다. 상대와 눈을 맞추며 연신 고개를 끄덕였다. 괜찮은 사람이라는 걸 보여 주기 위해 그럴듯한 말을 내뱉었다. 호의적인 분위기로 대화를 하고 있지만 나는 어딘가 소모되는 것 같았다.

불편한 상황이 잦아져 신경이 예민해졌다. 그럴 때마다 생각했다.

'이건 다 외부 자극 때문이야. 일이 많았잖아. 몸이 피곤한 거야.'

괜찮음으로 덮으려고 해도 불안은 쉽게 가려지지 않았다.

입시생 때 다녔던 학원에 갔다. 선생님이 학원에서 일을 해 보는 게 어떻겠냐고 제안했다. 한 시간 동안 대화를 나누고 선생님께 물었다.

"지금까지 대화하면서 선생님이 저를 어떻게 느꼈을지 궁금해요."

다른 사람에게 내가 어떻게 보여질지 궁금했다. 선생님은 내게 어른인 척하는 애 같다고 말했다. 뜨끔했다. 약한 곳을 들킬까 봐 단단한 척, 어른인 척했다.

척을 하면 내가 소모됐다. 스스로를 갈아 내 빚어낸 척. 내 진짜 모습을 보여 주면 이상해 보이지 않을까, 외면당하지 않을까 걱정됐다.

나는 척을 하는 것 역시 내 모습 중 하나니까, 그것도 곧 나라고 자기 위로를 했다.

그때 심장이 내려앉았다. 피곤해서 생긴 신체화 증상이었다. 숨을 들이쉬며 왼쪽 가슴을 주먹으로 때렸다. 만약 강사 일을 한다면 학생들 앞에 설 수 있을까. 공황이 와도 도망갈 수 없을 텐데. 평범한 게 왜 나한테는 쉽지 않을까.

나도 여러 사람들과 어울리고 새로운 공간을 마주하고 싶었다. 발작이 없고 신체화 증상이 줄어서 거의 나았다고 생각했다. 혼자 일하는 게 일상이라 자극을 받지 않았던 것뿐이었나 보다.

괜찮지 않다고 생각한 내가 병원에서 들은 소리는 '괜찮다'였다. 힘들었어도 발작으로 이어지지 않고, 불안이 크지 않았으니 괜찮은 거라고 했다. 문제를 잘 바라보고 있어서 걱정하지 않아도 된다고 했다. '자극받은 일이 많아서 그래, 조금 쉬면 괜찮을 거야' 하고 생각하던 게 상황을 잘 넘어가고 있다는 증거란다.

그리고 보니 공황을 대하는 방식이 달라졌다. 원인이 뭔지 밤새 고민하던 예전과 달리 이성적으로 생각할 수 있게 된 것이다.

'커피를 마시고 잠을 못 자서 교감 신경이 항진된 거야. 그래서 두통이 있고 두근거리는 거겠지. 불안한 건 뇌가 피로와 불안을 구분하지 못해서야. 푹 쉬면 나을 일이야.'

의사 선생님의 말을 따라 나를 분석했다. 글을 쓰면서부터 가능하게 된 일이다. 글을 쓰며 선생님의 말을 곱씹을 수 있었고, 나의 역사를 되돌아 볼 수 있었다. 나는 나를 객관적으로 바라볼 수 있게 되었다.

친구와 엄마에게 정신과 약을 줄였다고 말했다. 기특하고 고생했단 다. 그렇게 조금씩 줄여 나가면 되는 거라고 얘기해 줬다. 견딜 수 있 는 힘이 생길 것 같았다.

작은 불안쯤이야 누구나 다 안고 살아갈 것이다. 공황에 대한 집착 이 작은 것도 지나치지 못하게 만들었을 뿐이다. 무결점의 평안은 없 을 테니 작은 불안쯤은 안고 사는 게 맞을 거다.

—

## 트라우마는
## 사소한 일로 생긴다

목이 조였다. 이물감이라고 해야 할까, 질식감이라고
해야 할까. 편도를 지나 목구멍으로 향하는 부분, 목젖의 바로 밑, 목
구멍의 끝. 그곳을 누가 조르는 것 같았다.

8월, 공황장애가 심해진다는 여름이었다. 참지 못하고 남아 있던 신
경 안정제를 삼켰다. 날이 더워 지쳤고, 생각이 많아 불안했다. 몸까지
아프니 더욱 예민해졌다.

불빛에 눈이 부셔 집에서 선글라스를 꼈다. 작은 소음에도 고막이
찢길 것 같았다. 큰 손아귀에 목을 내 준 기분이었다.

목구멍에 주먹만 한 구슬이 낀 것 같기도 했다. 손을 넣어 박박 긁어
내고 싶었다.

속이 안 좋은가 하고 열 손가락을 사혈했다. 피가 뻗치지도, 검붉지도 않았다. 밝은 빨강을 보니 심사가 뒤틀렸다. 시꺼맸으면 희열감이라도 느꼈을 텐데.

약을 먹어도 나아지지 않아 다른 문제인가 하고 이비인후과에 갔다. 목에 이물감이 느껴진다고 말했다. 의사 선생님이 내 혀를 잡고 기다란 기계를 목에 넣어 후두 내시경을 찍었다. 목구멍 사진을 보여 줬다. 역류한 위산으로 성대와 후두가 퉁퉁 부었다고 했다.

내게 온 증상은 공황이 아니라 식도염이었다. 대부분의 공황장애 환자가 공황과 식도염을 구분하지 못한다고 했다. 식도염을 공황으로 착각해 더 불안해진다고도 했다. 여전히 목구멍을 긁고 싶었지만, 공황이 아니라는 것에 안심됐다.

약국에 처방전을 제출했다. 약사 선생님이 중얼거렸다.

"왜 가루약이지? 애가 아닌데."

나는 진료가 끝나고 의사 선생님께 가루약으로 처방해 달라고 말했다. 알약을 먹지 못해서다. 약을 삼키는 게 두려웠다. 식도가 아닌 기도로 넘어갈 것 같았다. 약을 기다리며 의자에 앉아 생각했다. 나는 왜 알약을 삼키지 못하는 걸까.

알약은 애초에 잘 먹지 못했다. 목구멍이 작은 건지, 약이 잘 넘어가지 않았다. 한 알씩 삼켰다. 목구멍에 생채기가 나는 느낌이었다.

대학생 때, 꿀 교양이라고 유명했던 '응급처치와 생활안전' 강의를 들었다. 먼저 수강했던 친구에게 중고로 책을 구입했다. 중요한 곳은 이미 밑줄이 쳐 있어 나는 수업 내내 다른 걸 했다. 그림을 그리고, 핸드폰을 하고, 잠을 잤다. 그날은 잠을 자려다 놀라 강의실 스크린을 봤다. 교수님의 말 때문이었다.

"우리 학교 학생이 직접 겪은 일입니다. 제가 부탁해서 영상을 받았어요. 제 수업을 들었던 학생인데, 수업에서 배운 하임리히법으로 죽을 고비를 넘겼다며 감사 인사를 전해 왔습니다."

고시원 복도 카메라에 찍힌 흑백 영상이었다. 속이 좋지 않은 그녀는 환으로 된 소화제를 물 없이 삼켰다고 했다. 방문을 열고 나온 그녀가 목을 움켜쥐었다. 가슴을 미친 듯 때렸다. 약이 기도에 걸린 것이었다.

그녀는 친구가 있는 방문을 두드렸다. 당황한 친구가 어쩔 줄 몰라 할 때, 그녀는 친구에게 자신의 명치를 주먹으로 누르라는 몸짓을 했다. 친구가 그녀 뒤에서 명치를 힘껏 눌렀다. 입에서 약이 튀어나왔다. 경악스러웠다. 작은 약 한 알로 생사가 오갔다. 내가 화면 속 그녀가 된 것 같았다.

자취방에 도착한 나는 먹어야 되는 약을 꺼냈다. 위염과 소화 불량으로 먹는 내과 약, 유산균, 생리통 진통제, 한의원에서 처방받은 환.

내과 약을 한 알씩 삼켰다. 목구멍을 긁으며 약이 천천히 내려가는 걸 느꼈다. 진통제를 입에 넣었다. 캡슐로 된 알약이 물 위에 동동 떴다. 물과 약이 섞이지 않고 분리됐다. 목구멍이 열리기 전에 캡슐만 기도로 넘어갈 것 같았다. 심호흡하며 삼켰다. 목에 걸렸다. 나는 컥컥거리며 싱크대에 약을 뱉었다. 다른 약은 먹지 않은 채 서랍에 넣었다.

이후부터인 것 같다. 알약을 먹는 게 무서워졌다. 영상 하나로 약에 공포가 생긴 것이다. 트라우마는 대단한 일로 생기는 게 아니었다.


"예안님."

약국에 앉아 있던 나를 부르는 소리가 들려 카운터로 갔다. 가루약이 아닌 알약을 줬다. 그것도 아주 커다란 약 다섯 알. 복용법을 설명하는 약사 선생님께 말했다.

"선생님, 제가 알약을 잘 못 먹어서요. 병원에 가루약으로 처방해 달라고 부탁드렸는데 처방전에 안 쓰여 있던가요?"

선생님은 처방전을 다시 살피더니 가루약인 걸 확인했다. 내게 알약을 보여 주며 삼키지 못하겠냐고 물었다.

"제가 훼스탈이나 타이레놀 크기를 삼키지 못해서요."

내 말을 듣고 선생님은 한숨을 쉬었다. 약국에 사람이 많아서 가루약을 만드는 데 오래 걸린다며 한 시간 반쯤 기다려야 한다고 말했다.

어쩔 수 없었다. 카페에 가서 기다렸다.

알약을 먹지 못하는 게 잘못된 건 아닌데, 잘못한 것 같았다.

—

## 차라리 몸이
## 아팠으면 좋겠다

형체도 근거도 없는 고통은 아무리 설명해도 이해받기 어렵다. 차라리 몸이 아팠다면, 사람들이 나를 이해할 수 있었을까.

아침에 일어나니 집에 아무도 없었다. 병원에 가기 위해 양치를 했다. 식단 관리를 소홀히 했다고 식도염이 도진 것이다.

정신과에 갈 겸 내과에 다녀오기로 했다. 아빠가 집에 왔다. 혈압 약을 타러 병원에 다녀왔단다. 엄마는 한의원에 갔다고 했다. 토요일 오전부터 세 식구가 각자 병원에 갔다.

정신과에서 같은 약을 처방받았다. 줄었던 약은 식도염과 공황이 심해진 여름부터 신경 안정제가 더해져 늘어났다.

내과에 갔다. 선생님이 아직도 낫지 않았냐며 스트레스를 받거나 신경 쓰이는 일이 있냐고 물었다. 나는 잠시 생각하다가 고개를 끄덕였다. 두 달치 약을 처방받았다.

　부엌 식탁 위에 약봉지가 나란히 놓였다. 엄마 꺼, 아빠 꺼, 내 꺼. 아빠는 피곤했는지 안방에서 자고 있었다.

　나는 아빠에게 선풍기를 틀어 놓고 까치발을 들어 방문을 닫았다. 거실에서 TV를 보던 엄마에게 소리를 줄이라고 했다.

　엄마가 말했다.

　"네가 그렇게 눈치를 보니까 아픈 거야."

　여기서 아프다는 건 정신을 말하는 거였다. 엄마는 종종 말했다.

　"네 성격 때문에 아픈 거야."

　이 말이 모든 문제를 내 탓으로 돌린다는 걸 엄마는 모르나 보다.

　엄마와 소파에 앉아 예능을 보다가 연예인 얘기가 나왔다. 스케줄이나 공항에 따라붙는 기자와 팬들, 사생활 같은 얘기 말이다.

　"우리 딸은 연예인 했으면 큰일 났어. 공황장애 달고 살았을 거야."

　나는 경직됐다, 실수였다. 그런 말은 내게 해서는 안 되는 것이었다. 나는 말없이 꾹 참다가 손바닥으로 얼굴을 가렸다. 숨을 참았다. 억누른 울음이 손 틈을 비집고 나왔다. 엄마가 당황해 나를 봤다. 아차 싶었는지 실수했다고 말했다.

기분 전환을 위해 초코 아이스크림을 퍼먹었다. 단맛이 느껴지지 않았다. 크레파스를 씹는 듯 푸석했다. 입을 씻어 내고 방에 들어갔다. 암막 커튼을 치고 눈을 감았다. 보이지도, 보여 지지도 않는 곳에 나를 숨기고 싶었다.

자고 일어나서도 엄마의 말이 맴돌았다. 다시 아이스크림을 퍼먹었다. 푸석함은 여전했다. 약을 먹었다. 정신과 약을 먹는 내가 어떻게 보일까 생각했다. 나는 엄마에게 가서 말했다.

"엄마가 그런 말 할 때마다 나는 상처받아. 내가 병에 걸린 게 내 탓 같아서, 이런 고통을 받는 게 당연한 것처럼 느껴져."

나는 울컥했고 다시 울었다. 숨을 헐떡이며 말을 이었다.

"내 탓이 아니야. 선생님이 공황장애는 유전적인 영향도 있다고 했어. 내 문제라고 하지 마."

내 말에 엄마가 답했다.

"그래, 내 탓이야."

화가 났다. 서로에게 상처만 주고 있는 상황이 답답했다. 내 말에는 가시가 돋혀 있었고, 책임을 엄마에게로 전가했다. 눈물을 닦고 울지 않으려 다시 숨을 참았다.

몸이 아팠다면 어땠을까. 눈에 보이는 상처였다면 달랐을까. 운 탓에 머리가 깨질 것 같았다. 다시 아이스크림을 먹으려다 말았다. 단맛은 느껴지지 않을 거였다.

6부

# 불안을 다스릴
# 준비가 된 것 같다

—

## 말을 하니 달라졌다, 편해졌다

첫 발작을 겪은 지 5년이 되었다. 약은 항불안제 반 알로 줄었다. 이것마저 더 줄여 단약을 해 보기로 했다. 작년의 오늘에서는 상상도 할 수 없는 평온함을 갖게 되었다.

공황장애 커뮤니티에서 사람들이 3년, 5년, 7년 차 얘기를 하는 걸 보며 무서웠다. 긴 시간에도 낫지 않는 병이구나 생각했다. 세어 보니 나도 벌써 다섯 손가락이 다 접힌다.

생각보다 많은 사람이 나를 이해하지 못했다. 가깝고 오래된 사이여도 마찬가지였다. 위로받고 싶어 친구에게 병원에 다녀왔다고 말한 적이 있다. 친구는 의아해했다. 맘 편히 먹으면 되는 거지, 뭘 그런 걸로 약을 먹으냐는 거였다. 악의 없는 말이 상처가 됐다.

사람들은 알지 못한다. 공황이 어떤 병이고 무슨 증상이 있는지 말이다. 본인 일이 아니어서 관심 없을 것이다. TV에서 유머로 소비되니 꾀병처럼 생각할지도 모르겠다. 나도 그랬었다. 그러니 악의는 없다. 알지 못하는 것뿐이다.

그래서인지 이런저런 말을 들었다. 햇빛을 봐라, 운동을 해라, 약은 좋지 않다, 종교를 가져라. 도움을 주고 싶었겠지만 나는 그런 조언들이 버거웠다. 문제를 해결해 주길 바란 게 아니었다. '힘들지?', 이 한마디가 듣고 싶었을 뿐이다.

햇빛을 보며 산책하고, 명상을 하고, 상담도 받고, 절에 가서 울기도 했다. 해 봤지만 소용없다고 말하면 상대는 다른 해결 방법을 찾아 고민했다. 그럼 나는 말했다.

"아니야, 괜찮아."

나는 괜찮지 않았다. 그럼에도 괜찮다는 말을 반복했다. 거기에는 나도 포함된다. 늘 괜찮다는 말로 힘듦을 꾹꾹 눌렀다. 그러다 화가 났다. 도대체 뭐가 괜찮다는 걸까. 나는 괜찮고 싶지 않았다. 힘들다고 소리 지르고 싶었다.


공황장애 치료를 시작한 지 1년이 넘었다. 날은 더웠고, 신경 쓸 일은 많았다. 안정감이 흔들렸다. 심장이 시큰거리고 바람에 살갗이 아렸다. 약이 늘었다. 단약을 코앞에 두고, 나는 다시 신경 안정제를 삼켰다. 무력해졌다. 예전으로 돌아간 것 같았다.

윤이를 만나 울었다. 윤이는 미술 학원에서 만난 친구다. 재수생 시절 그림이 그려지지 않아 세면실에서 울고 있을 때 나를 발견한 윤이가 따라 울었다. 그렇게 친해졌다. 찌질한 우리는 주기적으로 우울해졌고, 그 시기가 비슷했다.

윤이는 뭐가 힘드냐고 물었지만 나는 모르겠다고 답했다. 모든 것에 지쳤고 힘들었다. 생각을 풀어놓았다. 미래에 대한 불안, 벌려 놓은 일에 대한 걱정. 아마도 가장 큰 이유는 공황 때문일 것이다. 공황에 잠식당해서가 아니라, 내 이야기의 주제로 받아들이면서부터였다.

전시회에서 만난 남자와 이야기를 나누며, 나는 주제가 없는 내 그림에 정체성이 생겼다고 좋아했다. 공황이 내게 찾아와 다행이라는 생각도 했다. 그래서 공황을 겪으며 쓴 글을 읽고 또 고쳤다. 떠오르는 이미지를 스케치했다.

첫 발작을 겪은 나, 거대한 약 앞에 서 있는 나. 가장 힘들었던 때의 나를 계속 마주해야 했다. 글을 쓰고 이미지를 떠올릴수록 그때로 돌아가는 것 같았다. 그래도 하고 싶었다. 나만의 주제를 찾아 글을 쓰고 그림을 그리는 건 오랜 바람이었다.

윤이와 나는 우리가 좋아하는 작가에 대해 얘기했다. 그림을 그리고 글을 쓰는 그는 심한 우울증을 앓았다. 윤이가 좋아하는 아이돌 얘기도 했다. 그도 우울증이 있었다. 그들은 어땠을까. 그들의 그림과 노래가 위로와 공감이 된다며 좋아했다.

하고 싶은 말을 할 수 있으니 좋겠다는 생각을 했다. 아픔을 예술로 표현하는 게 멋지다고도 생각했다. 힘들었을 거다. 그들은 계속해서 그때의 자신을 마주해야 했을 것이다.

윤이는 내게 힘들면 하지 말라고 했다. 글을 쓰고 그림을 그리는 데 꼭 공황과 불안이 주제여야 하냐고 물었다. 내게 이건 언젠가 한 번쯤 풀어 내야 할 숙제였다.

무엇보다 내가 가장 잘 표현할 수 있는 주제였다. 윤이는 고개를 끄덕였다. 아마 자신이 글을 쓰더라도 불안에 대해 썼을 거라고 말했다. 그리고 덧붙였다.

"나는 그게 두려워서 하지 못하는데, 너는 그걸 이겨 내려고 마주하고 있는 거야."

날이 어두워지도록 대화를 나눴다. 윤이는 내가 모든 걸 얘기할 때까지 기다려 줬고, 나는 한참을 얘기했다. 나는 편해지고 있었다. 이유 모를 자신감이 생기는 것 같기도 했다. 힘들다고 말을 할수록 마음이 가벼워졌다. 나는 윤이에게 말했다.

"야. 나 힘들어 죽을 것 같았는데 너한테 말하니까 편해졌어."

늦여름의 서늘한 바람이 불었다. 춥다며 웅크리자, 내게 개복치라며
윤이가 웃었다. 나도 웃었다.

나는 힘들었고, 괜찮아졌다. 말을 해도 달라질 건 없다고 생각했는
데, 달라졌다. 우리는 평소처럼 헛소리를 하며 웃었다.

옆에는 눈물 콧물에 절인 휴지가 뒹굴고 있었다.

—

## 두근거리는 건,
## 심장일까 마음일까

"심장이 덜컹거렸어요. 최근에 사람을 많이 만났고, 술
도 많이 마셨고, 일도 많아서 그러려니 했어요."

"심장이 덜컹거린다는 건 어떤 거죠?"

"쿵 하고 떨어지거나 잠깐 멈춘 느낌이요. 전에도 몇 번 그랬는데,
최근에는 자주 있었어요."

"예안 씨가 지금 말한 건 부정맥 증상일 수도 있어요. 24시 심전도
검사를 받아 보는 건 어때요?"

곧장 심장내과에 갔다. 심장은 생명과 직결된 것 같아, 공황이 아닌
신체적 문제일 수도 있다는 말에 덜컥 겁이 난 것이다. 의사 선생님은
심장이 자주 덜컹거리냐고 물었다. 스트레스를 받고 예민해질 때면

종종 있었다고 답했다.

심장이 아픈 적이 있었냐는 질문에는 공황장애 치료를 받기 전에 자주 아팠다고 말했다. 청진기를 가져다 댔다. 소리는 좋다고 했다.

2주 뒤에 검사를 하기로 했다. 24시간 심전도를 볼 수 있는 홀터 검사기의 예약이 밀려서였다. 몇 달 전 심장이 아파 내과에서 심전도 검사를 받았었다. 결과는 정상이었고 의사 선생님은 스트레스를 받거나 힘든 일이 있어 심장이 아팠던 것 같다고 말했다. 그럼, 마음이 힘들 때 심장이 아픈 건가? 둘은 별개가 아닌 같은 걸까?

3주 뒤에는 엑스레이를 찍고 갑상선 검사를 하기로 했다. 갑상선이 좋지 않아도 심장이 덜컹거릴 수 있어서였다.


라디오에서 이런 사연을 들은 적이 있다. 청취자는 한 사람만 보면 가슴이 뛰어 주체할 수 없었다고 했다. 내가 이 사람을 좋아하는구나 확신했고, 고백하고 사귀게 되었단다. 그런데 사귀고 보니 더 이상 두근거리지 않는 거다. 알고 보니 그 사람을 만날 때마다 커피를 마셨고 카페인에 약한 심장이 두근거렸던 거였다.


비슷한 경험을 했다. 그를 만나기로 한 날이었다. 그는 나와 비슷한 업계의 사람이었다. 그에게 궁금한 게 많았던 나는 먼저 만나자는 얘기를 꺼냈다. 그리고 그를 만나기 전, 심장이 두근거렸다. 멈칫했다.

공황일까? 낯설고 불편해 긴장한 걸까? 그를 만나는 게 떨리는 걸까? 결국 그를 만나기 전 안정제를 한 알 삼켰다.

나는 그럴 것이다. 누군가를 만날 때 심장이 두근거린다면 '내가 이 사람을 좋아하나' 하고 생각할 것이다. 그렇지만 내 심장에는 여러 이유가 있다. 부정맥일 수도 있고, 갑상선이 좋지 않을 수도 있다. 공황일 수도 있고, 사회 공포증일 수도 있다. 두근거림에는 이유가 많다. 부정맥 진단을 받아도 놀랄 것 같지 않다. 나는 그동안 많은 이유로 두근거렸을 테고, 그건 변함없을 테니 말이다.

심전도실에 들어갔다. 가방과 겉옷을 침대에 올려놓고 자리에 앉았다. 선생님이 기계 뭉치를 꺼내 내 가슴과 옆구리에 전선을 붙였다. 혹 떨어질까 흰색 테이프로 꼼꼼히 덧댔다. 연결된 선이 일곱 개였다.

생활에 방해가 될까 봐 뭉텅이로 접어 배에 붙였다, 차가웠다. 기계를 컴퓨터에 연결하자 곡선 그래프가 보였다. 선생님은 검사기를 케이스에 넣고 크로스백처럼 내게 걸어 줬다.

가슴과 배가 묵직했다. 갑옷을 입은 것 같았다. 배에 붙인 전선은 테이프가 떼어져 옷 밖으로 튀어나왔다. 몸 밖으로 나온 전선을 보니 인조인간이 된 것 같았다.

선생님은 심장이 수축하는 느낌이 들 때 기계의 버튼을 누르라고 했다. 누를 일이 없었다. 검사를 예약할 때는 심장이 덜컹거렸지만 그 후로 그런 적은 없었다. 심장이 안정적인 것 같아 일부러 불안해져야 하나 고민했다.

지금의 평온함으로는 문제가 있어도 찾지 못할 것 같았다. 애써 불안해져 "불안할 때 제 심장이 이렇게 뜁니다!" 하고 알려 줘야 할 것 같았다. 심전도 검사가 찰나이듯, 홀터 검사 역시 24시간뿐이지 않은가. 어떤 사람은 24시 검사만 여섯 번을 한 뒤에야 부정맥을 찾았다고 했다. 심장은 계속 두근거리지만 몇 시간만으로는 알 수 없나 보다.


그러고 보니 이상했다. 심장은 두근거리는 게 정상인데, 왜 그걸 무서워하는 걸까. 채혈실을 찾아 심전도 검사를 하러 왔다고 말했을 때 의사 선생님이 물었다.

"심장이 두근거려서 왔나요?"

나는 "네" 하고 답했다. 심장은 늘 뛰니까 두근거리는 게 맞다, 덜컹거리는 것도 맞다. 심장에 대한 두려움이 사라지고 있었다. 몸에 전선을 주렁주렁 단 채로 말이다.

—

## 불안을 다스릴
## 준비가 된 것 같다

도서관에서 조별 퇴고 특강이 있는 날이었다. 우리 조
는 세 명이다. 나와 숙이 언니 그리고 김 쌤. 우리는 차례로 원고를 살
폈다. 초고와 비교했을 때, 모두 정제된 글이었다. 잠깐의 시간 동안
글과 마음이 단단해지는 게 보였다. 글은 쓰는 사람을 닮았다. 숙이 언
니의 글은 마카롱처럼 달콤했고, 김 쌤의 글은 시니컬하고 담담했다.

수업이 끝나고 김 쌤에게 시내까지 태워 달라고 부탁했다. 뚜벅이인
나는 도서관에서 모임이 있을 때면 김 쌤의 차를 종종 얻어 타곤 했다.
비가 오거나 시간이 늦을 때면 김 쌤은 나를 집 앞까지 데려다 줬다.
다음 날 새벽에 일이 있는데도 말이다.

김 쌤은 들를 곳이 있다고 했다. 규방 공예를 하는 공방이었다. 섬유 공예를 전공한 나는 그곳에서 익숙한 것들을 봤다. 삼청동이나 인사동에서 볼 법한 모시와 비단으로 만든 조각보였다.

김 쌤이 공방에 손님을 데려오는 게 익숙하다는 듯 공방 작가님이 내게 꿀차를 건넸다. 따뜻함에 몸이 노곤해졌다. 나는 아는 척, 공감대를 만들고 싶어 섬유를 전공했다고 말했고 김 쌤은 내가 그림을 잘 그린다며 거들었다. 작가님은 내게 관심을 보이며 자주 놀러 오라고 했다. 나는 김 쌤과 함께 오겠다고 답했다.

"여기 그 책 있지?《블랙독》말이야."

김 쌤이 작가님에게 물었다. 《블랙독》, 김 쌤이 몇 번 얘기했던 책이었다. 일러스트레이터가 그리고 썼는데, 우울증 환자를 위해 만들었다고 했다. 작가님이 서재에 가서 책을 찾아왔다. 얇은 동화책이었다.

남자와 검은 개가 등장한다. 개는 늘 남자 주위에 있다. 남자는 검은 개에게 짓눌린다. 두려워 피하기도 한다. 검은 개는 우울이다.

"여러 사람한테 이 책을 보여 주고 어떤 그림이 가장 기억에 남는지 물어봤어요. 다들 다른 이미지를 택하더라고요. 예안 씨는 어떤 그림이 인상 깊어요?"

김 쌤의 물음에 책을 찬찬히 살폈다.

남자가 검은 개 모양의 선글라스를 낀 그림이 있다. 나도 색안경을 쓴 듯, 그걸 통해 본 세상은 불안으로 가득하다. 남자가 유리 상자에 갇힌 채로 밖을 어슬렁거리는 검은 개를 본다.

바깥은 불안이 있어, 스스로를 가둔 내가 생각났다.

새벽, 누워 있는 남자 위로 검은 개가 올라탄다. 매일 밤, 나는 불안과 죽음에 대한 공포로 잠을 이루지 못했다. 남자는 검은 개의 그림자에 웅크리고 있다가, 화를 내고 그것의 발바닥에 깔린다.

불안에 지배당하기 싫어 싸우다가 패배한 나와 같았다.


검은 개와 술을 기울인다.

불안이 위로가 될 때도 있다.

검은 개와 거리를 둔다.

불안과 거리 두는 법을 알아 간다.

검은 개에게 목줄을 채운다.

이제 불안을 다스리는 법을 알 것 같다.


"어느 하나를 꼽을 수 없어요. 검은 개를 불안이라고 생각한다면, 이 모든 장면이 저 같거든요."

내 말에 김 쌤은 고개를 끄덕였고, 작가님은 의아해했다.

"왜요? 평소에 불안감이 많아요?"

"제가 공황장애가 있어요. 많이 불안하고 아팠거든요. 우울에 잡아먹힌 이 그림들이 저와 닮았어요. 지금은 치료 중이고 많이 나아졌어요. 이것마저 책의 후반부에 검은 개와 거리를 두는 것과 같아요."

나는 망설임 없이 얘기했다. 따뜻한 차가 주는 온기가 좋았고, 익숙한 섬유 공예가 보이는 공간이 아늑했다. 나에 대해 알고 있는 김 쌤이 옆에 있는 것도 든든했다.

두 분도 책을 보며 공감되는 부분이 많았단다. 작가는 우울증 환자를 위해 이 책을 지었지만, 우리 모두에게는 우울과 불안, 외로움이 내재되어 있다. 나는 검은 개가 내게만 있는 줄 알았는데 아니었다.

김 쌤은 내가 그림 그리는 일을 하고, 공황장애를 앓고 있으니 이 책을 보여 주고 싶었다고 했다. 나중에 내가 겪은 느낌을 '블랙독'처럼 그림으로 표현해 보는 건 어떻겠냐는 얘기였다.

나는 고개를 여러 번 끄덕였다. 그림을 그리면 그 안에 내가 자연스레 나타난다. 하지만 불안에 대해 내가 하고 싶은 얘기는 없을지도 모른다. 나도 나의 검은 개를 그리고 싶어졌다.

어느 하나를 고를 수 없이 모든 장면이 기억에 남지만, 굳이 하나를 꼽는다면 마지막 그림을 꼽고 싶다. 검은 개에게 목줄을 채우는 남자. 나도 이제는 불안에 목줄을 채울 준비가 된 것 같다. 가끔은 이리저리 끌려갈지도 모르지만, 그런대로 목줄을 잡고 걸을 수 있을 것 같다.

—

## 엄마가 지친 나를
## 알아 줬으면 좋겠다

밥을 먹고 엄마와 거실 소파에 앉아 TV를 봤다. 드라마
가 하고 있었다. 딸 역할의 배우가 말했다.

"엄마, 나는 다음 생에도 엄마 딸로 태어날 거야."

대사를 들은 나는 엄마에게 장난치고 싶었다. 능글거리며 달고 느
끼한 말을 하려고 했다.

순간, 지난 밤 만났던 윤이와의 대화가 떠올랐다.

'분명 괜찮은 일상을 살아가고 있는데, 갑자기 우울이 덮쳐 와. 꼭 밑
바닥까지 내려간 뒤에야 다시 돌아와.'

'맞아. 밑바닥은 도대체 어디인지, 갈수록 깊어지는 건지, 깊이가 가
늠이 안 되서 매번 힘들고 지쳐.'

나는 장난이 아닌 말을 툭 하니 던졌다. 지친 나를 알아 줬으면 하는 어리광이었을 거다.

"엄마, 나는 다음 생에는 안 태어날 거야. 피곤해."

아차, 싶었다. 엄마에게 해서는 안 될 말이었다.

"나도."

엄마가 말했다. 의외였다. 그게 할 소리냐며 날 선 말을 할 거라고 생각했다.

"엄마도?"

"응."

"왜?"

"피곤해."

"그치? 맞아. 엄마, 우리 대화에는 낭만이라고는 하나도 없다."

나는 웃었다. 웃기지 않았지만, 웃어야 할 것 같았다.


엄마는 자주 아프다. 어릴 때부터 연약했다는데, 수술을 한 뒤로 아픔이 빈번해진 것 같다. 나 때문인 것 같다는 생각을 종종 했다. 나를 낳은 이후로 엄마의 아랫배에는 커다란 흉터가 자리 잡았고, 여러 번 덧대졌다. 어릴 적 문틈으로 안방을 봤을 때, 아빠가 엄마의 배에 있는 고름을 짜 주고 있었다. 엄마는 울고 있었다.

한 번은 엄마가 이런 얘기를 한 적이 있다. 자주 아프고, 많이 아픈

데 어느 병원을 가도 낫질 않아서 죽는 게 낫겠다 싶었다고. 나는 할 말이 없었다. 어떤 말도 엄마의 아픔을 대신할 수 없었다.

의사 선생님이 엄마에게 우울증을 조심하라고 말했단다. 많이 아픈 사람은 우울증에 쉽게 노출된다는 게 이유였다. 손에 쥔 찰흙처럼 가슴이 뭉개지는 것 같았다. 그동안 내 아픔을 엄마가 이해해 주지 못한다는 생각에 속으로 원망도 했었다. 나 역시 엄마를 헤아리지 않았으면서.

뒤늦게 수습할 말을 찾았다. 다음 생에는 미세먼지가 많을 거고, 문명이 지나치게 발달해서 사는 게 피곤할 거라는 말도 안 되는 얘기를 늘어놓았다.

밤이 지나 새벽까지 엄마와의 대화가 머릿속을 가득 메웠다. 나와 같았던 엄마의 대답에 혼란스럽고 씁쓸했다. 나만 힘들고 피곤하다고 생각했었다. 엄마도 지쳤나 보다. 살아가는 삶이 아닌 살아 내는 삶, 연약한 표면이 금방이라도 깨질 것 같았다.

그래도 만약 다음 생을 살아야 한다면, 다시 엄마 딸로 살고 싶다. 딱 하나, 내가 좀 더 나은 사람이면 좋겠다. 굵고 단단한 기둥처럼 기댈 수 있는 사람이면 좋겠다.

며칠 뒤 아빠에게 같은 질문을 했다.

"아빠는 다시 태어난다면 어떻게 태어나고 싶어?"

아빠가 조금의 지체도 없이 답했다.

"나는 새가 될 거야. 커다란 새가 되어 여기저기 훨훨 날아다닐래."

엄마와 나는 아빠도 다시 태어나고 싶지 않을 거라고 예상했다. 생각했던 답은 아니었지만, 예측하지 못한 것도 아니었다. 아빠는 바람을 좋아하고 높은 산의 정상을 좋아한다. 날아다니는 새를 보며 부러워했다. 회사와 집이 아닌 큰 세상을 향해 나아갈 아빠를 상상했다.

아빠는 새가 되겠다고 했고, 엄마는 다시 태어나지 않겠단다. 더 나은 사람이 되어 다시 둘의 딸로 살아 보고 싶다는 나는 어떡하지. 아기새가 되어야 할까, 다시 태어나 달라고 부탁해야 할까.

결론은 하나일 거다, 그래도 나는 말하고 싶다.

"다시 태어나도, 엄마 아빠 딸로 살래."

—

## 기대와 희망과 설렘을
## 앓고 난 후

'투고해 주신 원고 잘 읽었습니다. 약간의 수정과 추가 집필을 한다면 더 좋을 것 같아요. 자세한 건 만나 뵙고 말씀 나누고 싶은데, 괜찮으신가요?'

도서관에서 반년 동안 쓴 원고를 출판사 여덟 곳에 투고했다. 답이 없는 곳도 있었고, '저희 출판사의 방향과 맞지 않습니다' 하고 거절 메일을 보내는 곳도 있었다.

그러던 중 한 곳에서 긍정적인 답변이 온 것이다. 벅차는 마음에 발을 구르며 소리 질렀다. 그때 전화가 왔다. 답이 없던 출판사였다. 코끝과 눈 주위가 시큰해졌다. 힘들었던 시간을 보상받는 것 같았다.

전화를 준 출판사에서 책을 내기로 했다. 대형 출판사이기도 했지만, 편집자들이 마음에 들어서였다. 합정에서 팀장과 대리 두 편집자를 만났다.

팀장님은 지하철을 타고 오는 길이 힘들지 않는지 내 상태를 먼저 물었다. 이 주제로 책을 내고 싶었는데 때마침 내 원고를 발견했단다. 대리님은 내 글에 대해 세세한 감상평을 얘기했다. 두 사람 모두 공황장애가 있다고 했다. 마음이 기울 수밖에 없었다.

구두 계약을 했다. 나는 분량과 이야기를 보충하기 위해 추가 원고를 썼다. 금토일은 외주 작업에 쓰일 그림을 그렸고, 월화수목은 글을 썼다. 계약서를 준비 중인 편집자에게선 연락이 없었다. 내게 글을 쓸 시간을 주는 거라 생각했다.

"작가님의 원고를 담당하던 편집자가 퇴사한 걸 알고 계신가요?"

24시 심전도 검사의 결과를 기다리던 중, 2년째 함께 일하고 있는 클라이언트에게 연락이 왔다. 그 역시 이 출판사에서 일했다. 나는 들은 게 없다고 답했다. 클라이언트는 팀장과 대리 모두 퇴사했다고 말했다. 심장이 뛰듯 머릿속이 쿵쿵 울렸다.

검사 결과를 보러 오라는 문자를 받고 진료실로 향했다. 혈압을 쟀다. 심박수가 200 가까이 나왔다. 선생님이 놀라 무슨 일이 있냐고 물었다. 나는 뛰어왔다고 대충 답했다.

심박수를 한 번 더 재고 검사 결과를 들었다. 약한 기외수축이 있었으나 정상 범주에 들어 걱정하지 않아도 된다고 했다. 하지만 안도감 따윈 들지 않았다.

편집자에게 전화했다. 팀 내 의사소통이 원활하지 못해 퇴사 소식이 내게 전달되지 않은 것 같다고 했다. 사과했다.

인수인계를 잘했고, 퇴사를 했지만 끝까지 관여하겠다고 말했다. 퇴사 이유에 대해서는 공황장애가 재발해서라고 말했다. 그를 탓할 수 없었다. 깊은 동질감에 아프지 말라는 말만 전했다.

인수인계를 받은 새 편집자에게 연락이 왔다. 계약서를 준비하겠다고 했다. 팀 내에 일이 많아 일정이 미뤄졌고 답이 없었다. 해당 팀에 팀장이 새로 왔고, 그가 만나자고 했다. 나는 기존 원고와 추가 원고를 들고 갔다. 꺼낼 일은 없었다. 출간이 취소된 것이다.

"작가님 정말 죄송합니다. 회의에 통과되지 않았어요. 이미 계약을 끝낸 우울증 관련 원고가 있거든요. 소재가 겹치기도 했고, 연초에 우울증 책을 두 권 내기는 어렵다고 판단되었습니다."

할 말이라면 많았다. 구두 계약도 계약이지 않냐, 내가 먼저일 수도 있다, 우울증이 아니다, 나는 공황이다. 끝내 말하지 못했다. 꼬여 가는 상황을 돌이켜 보면, 결국 이렇게 될 수밖에 없었던 거구나 싶었다. 내 원고의 주제를 우울증이라 말하는 편집자를 보며 체념하기도 했다.

편집자는 안절부절못하며 연신 사과했다. 자신에게 물을 끼얹어도 할 말이 없다고 했다. 나는 괜찮다고 말했다. 화를 내도 달라질 건 없었다. 그의 잘못도 아니었다. 여전히 초조해 보이는 편집자에게 이렇게 말했다.

"제 본업은 일러스트레이터잖아요. 이렇게라도 한 분 알게 되니 좋죠. 그림이 필요하시면 연락 주세요."

그는 나와의 대화가 끝나고 좀 가벼워졌을까.


함께 글을 쓰는 숙이 언니에게 전화했다. 출판사에서 연락이 왔을 때 언니는 나만큼 기뻐해 줬고, 일정에 차질이 생겼을 땐 나보다 더 화를 냈다. 언니에게 출간이 취소되었다고 얘기했다. 언니는 초연한 내 목소리에 걱정이 된다고 했다. 나는 이상하리만치 타격이 없다며 괜찮다고 답했다.

근처에 사는 친구를 불러 밥을 먹었다. 실컷 얘기하고 다 털어 낼 셈이었다. 쉴 틈 없이 말하다가 넋이 나간 듯 멍해졌다. 친구는 내게 곱씹지 말라고 했다. 그러지 않으려 할수록 거절당하는 순간이 선명해졌다. 거절과 거부는 다른 건데, 나는 거부당한 것 같았다. 허무했다. 어쩐지 일이 쉽게 풀리나 싶었다.

지하철을 타고 집에 가는 밤에는 박이에게 카톡이 왔다. 퇴근하는 중이라고 했다. 오늘 하루가 힘들었던 모양이다. 팝업 창을 손가락으로 밀었다. 내 하루가 고달파서 박이를 들여다볼 수 없었다.

사라진 시간과 기회를 헤아려 봤다. 열 손가락 안에 들지만 쉬이 접히지 않았다. 손가락으로 대신할 수 없는 크기였다. 허망해졌다. 나는 몇 번의 기대와 희망과 설렘을 잃었다.

결국 고문이었다. 달았고, 닳았다.

써 놓은 원고를 어떻게 해야 하나 생각했다. 거부당한 내 알맹이 같아서 외면하고 싶었다.

집이 가까워지면서 나오지 않던 눈물이 나왔다. 하필이면 그때 도서관 단체 카톡 방에 내 출간 소식을 묻는 말풍선이 떠올랐다.

사라지고 싶었다.

—

## 버스도 택시도
## 잡히지 않은 어느 날

출간 취소로 정신이 부서졌다. 애써 조각을 모아 일을 하던 중 연예 기획사에서 연락이 왔다. 유명 가수의 앨범 아트를 맡기고 싶다는 거였다. 무조건 해야 했다. 잘하면 좋은 경력이 될 터였다.

데모곡과 레퍼런스를 받고 시안을 작업해 보냈다. 다른 콘셉트의 이미지를 요청받았다. 다시 시안을 작업해 보냈고 회사는 또 다른 느낌을 요구했다. 수정을 거듭하며 여러 시안을 만들었다. 회사 측에서 보낸 레퍼런스와는 멀어진 지 오래였다.

마감이 3일 남았지만 뒤늦게 미팅을 갖기로 했다. 전화로는 방향을 잡는 데 한계가 있다고 판단했다. 가방에 노트북과 외장 하드를 챙겼다. 하필 비가 내렸다. 물 먹은 솜처럼 가방이 무거웠다.

클라이언트는 가수의 스타일링 사진과 새로운 레퍼런스를 건넸다. 기존에 받았던 것과 정반대의 분위기였다. 변동 사항이 많아 죄송하다는 말을 반복했다. 죄송하다는데 뭐라고 말할 수 있을까, 나는 괜찮다고 답했다.

콘셉트를 잡고 일정을 조율했다. 빠듯한 시간이 더 촉박해졌다. 집에 가자마자 눈 깜빡일 새 없이 작업을 해야 했다. 나는 말했다.

"할 수 있어요, 이 정도는 밤새면 할 수 있습니다."

나를 갈아 넣겠다는 말이 세상에서 제일 쉬웠다.

미팅을 끝내고 지하철을 타러 갔다. 스크린 도어 앞에 앉아 바닥에 종이를 대고 아이디어 스케치를 했다. 내내 머리가 아팠다. 머릿속에 있는 이미지는 손끝으로 구현되지 않았다. 답답했다. 눈이 감기고 피곤했다. 다이어리를 펴 해야 할 일의 우선순위를 정했다. 한숨을 길게 쉬었다.

밖은 추적추적 비가 내렸다. 어둠이 가라앉은 빗물에 건물의 불빛이 비쳐 반짝였다. 우산이 있는데도 흠뻑 젖은 것 같았다. 날개 젖은 나비처럼 바르작거렸다.

내리는 비에 택시가 없었다, 버스도 오지 않았다. 무거운 가방 때문일까, 비 때문일까. 택시도 버스도 없어서였을까. 나는 주저앉아 울고 싶었다. 지난달부터 하루도 쉬어 본 적이 없었다. 내내 글을 썼고, 그림을 그렸다.

밥을 먹다가, 책상 앞아 앉아 있다가, 편의점에 가다가도 울컥했다. 매일 울었고, 매번 삼켰다. 그리고 스스로에게 실망했다. 출간이 엎어진 것도, 외주 작업에 수정이 생기는 것도, 매번 바뀌는 앨범 아트의 콘셉트와 시안도 모두 내가 못난 탓 같았다. 너덜너덜해진 내가 보기 싫어 나를 더 바쁘게 굴렸다.

힘들었지만 아무에게도 말할 수 없었던 건 '네가 좋아하는 일이잖아, 그러면 참아야지' 하는 소리가 듣기 싫어서였다. 나는 지쳤었다, 그렇다고 일을 하지 않을 수 없었다.

프리랜서로 일을 시작한 지 고작 2년째였다. 기회를 놓칠 수 없었다. 다 해야 했고, 잘해야 했다. 참고 해내면 내가 단단해질 거라 생각했다. 기다려도 오지 않던 버스가 결국 왔던 것처럼, 하다 보면 될 거라 생각했다.

병원에 갔다. 내원일이 한참 지난 방문이었다. 시간적 여유도 없었지만, 병원에 가서 내 얘기를 할 여력이 없었다. 견딜 만하다고 생각했고 버텼었다.

| | |
|---|---|
| 나 | 힘들어요. 일이 많았거든요. 클라이언트가 중간 역할을 잘하지 못했고, 회사에서 의견이 모아지지 않은 채 제게 맡기기도 했어요. 그런데 제 탓 같아요. 이상하게 죄책감이 들어요. 더 잘하지 못한 제 문제 같아요. |
| 의사 선생님 | 예전에는 일이 없어서 불안하다고 했는데, 지금은 일이 많아서 힘들다고 하네요. 예안 씨가 바빴다는 건, 그만큼 본인이 능력 있다는 얘기잖아요. |
| 나 | 머리로는 알고 있어요. 그런데 잘 안 돼요. 늘 부족해요. 자꾸 작아지다가 사라져 버릴 것 같아요. |
| 의사 선생님 | 예안 씨가 먹는 약은 공황장애 약이기도 하지만 우울증 약이기도 해요. 원래부터 내면 깊은 곳에 우울이 있는 사람이었고 그게 외적으로 터져 공황이 나타난 거였거든요. 그 약을 먹으면서 우울증 증세도 나아졌을 텐데, 이번에 오랫동안 약을 먹지 않으면서 그 증상이 올라온 것 같네요. 특히나 9월에서 11월은 우울증 환자들이 많이 힘들어하는 시기고요. |
| 나 | 제가 우울증이라고요? 그런 생각은 해 본 적 없어요. 그저 우울감이 있을 뿐이라고 생각했어요. |
| 의사 선생님 | 심한 게 아니라, 경미하게 함께였으니까요. 사람은 누구나 내면에 어릴 적 자아를 갖고 있거든요. 예안 씨는 |

그 자아가 위축되어 있어요. 어릴 적 환경 문제겠죠. 그래서 약해질 때마다 그 자아가 나타나는 거예요. 약 먹을 땐 괜찮았으니까 다시 나아질 거예요.

우울증 체크리스트를 적어 봤다. 예전에는 3~4점이었던 게 20점이 훌쩍 넘었다. 선생님 말처럼 약을 먹지 않으니 그런가 보다 하고 넘겼다.

기획사와 미팅 후 새로운 레퍼런스를 받아 작업했다. 나와 담당자는 만족했지만 회의에 통과하지 못했다. 윗선에서 또 말이 바뀐 거다. 또 다시 전혀 다른 콘셉트를 요구했다. 그에 따른 레퍼런스가 있냐고 물었더니 없다고 했다.

나를 갈아 일을 하겠다는 말은 쉬웠지만 삼키기로 했다. 내게 실망하며 위축된 나를 더는 마주하고 싶지 않았다. 못하겠다는 말은 죽어도 하기 싫었는데, 못하겠다고 말했다.

—

## 그림만 그리면
## 되는 줄 알았다

"작가님은 잘 모르시겠지만, 저희 업계에서 통상적으로 이뤄지는 일입니다."

핸드폰 너머로 클라이언트의 격양된 목소리가 들렸다, 불쾌했다. 그 쪽 업계에서 이뤄지는 일이라면 내가 모를 테니 미리 설명해 주는 게 맞다. 그들은 하지 않았고, 나를 무시하듯 말했다. 화가 나 답했다.

"팀장님께서는 모르시겠지만, 이쪽 업계에서는 통상적으로 그러지 않습니다."

앨범 아트를 작업하던 회사에서 내가 만든 시안에 있던 로고를 무단으로 사용했다. 내게 로고 사용에 대해서도, 시안비에 사용권을 포함

했다는 말도 일절 한 적이 없었다. 담당자가 사과했다. 화가 났지만 엎질러진 물이었다. 다른 작가의 그림 위에 로고를 쓰지 않고 사용비를 받는 선에서 협의하겠다고 말했다.

"죄송하지만 다른 작가 그림에 쓰는 것도 양해해 주시면 안 될까요?"

담당자는 늘 '죄송하지만~'을 붙이며 말했다. 내 그림은 쓰이지 않았는데 로고만 쓰겠다는 말이, 다른 사람의 몸통에 내 일부를 떼 붙이겠다는 것 같아 끔찍했다. 담당자는 실례인 걸 안다며 연신 죄송하다고 말했다.

그놈의 사과는 몇 번을 듣는 건지 모르겠다. 부글부글 끓다 못해 터질 것 같았다. 화가 나 모든 곳에 로고를 사용하지 않을 걸 요구했다. 일이 급히 진행된 탓에 계약서를 쓰지 않았고, 로고의 사용을 명시하지도 않았으니 명백히 회사의 잘못이었다.


밤 열 시 반, 담당자의 상사인 팀장에게 전화가 왔다. 통화가 가능하냐는 한 통의 문자도 없었다.

"작가님께서는 모르시겠지만, 저희 업계에서는 통상적으로 앨범 아트를 의뢰할 때 이미지와 로고는 따로 봅니다. 하나의 소스로 사용할 수 있도록이요."

터질 것 같던 감정이 순식간에 가라앉았다. 피가 식는다는 말이 이런 걸까 생각했다. 화를 삭이며 곪던 중이었다. 상대가 적반하장으로 나오는 게, 내게 화낼 당위성을 제공한 것 같았다. 나는 팀장의 말을 인용해 말했다.

"팀장님께서는 모르시겠지만, 이쪽 업계에서는 통상적으로 그림과 글을 하나의 아트 워크로 봅니다."

상대는 당황한 듯 전략을 바꿨다. 담당자에게 책임을 전가하며 연민을 부추겼다.

"이미 로고를 여러 매체에 홍보용으로 보낸 상태입니다. 이게 잘못되면 큰일이에요. 작가님을 담당했던 사원이 잘릴 수도 있는데, 저는 그 친구를 지키고 싶거든요."

"회사 사정을 제게 감정적으로 말씀하시니 당황스러울 뿐이네요."

늘 을의 입장이었는데 갑이 된 것 같았다. 어차피 합의를 할 생각이었다. 기업과 개인이 싸워 개인이 이길 확률이 얼마나 될까. 내가 원하는 방향으로 협의해 작업비를 받는 게 최선의 방법이었다.

상대는 격앙되어 "작가님이 로고 파일을 보내셨잖아요, 그건 암묵적으로 동의한 거 아니에요?" 하는 말을 하기도 했다. 나는 다이어리에 쓴 스케줄을 보며 정황을 짚었다. 상대는 할 말을 잃은 듯 답이 없었고, 나는 침묵을 즐겼다. 또다시 사과와 양해를 구하는 말을 들었다.

"죄송합니다. 죄송하지만, 양해 부탁드립니다."

양해는 약자인 개인에게 요구된다. 최근 들어 계속 듣는 사과에 몸을 떨었다. 듣고 싶지 않았다. 시간을 끌어 좋을 것도 없었다.

"사진이나 영상 등 홍보물에는 로고를 사용할 수 있되, 다른 작가의 작업물에는 사용하지 않으셨으면 좋겠습니다. 이것과 로고 사용에 대해 명시한 계약서를 작성해 주신다면 협의하겠습니다."

팀장은 다시 전화하겠다며 전화를 끊었다. 그리고 10분 뒤 다시 전화가 왔을 때, 마치 다른 사람처럼 경쾌한 목소리로 '작가님~' 하고 나를 불렀다. 불안했다. 그 찰나의 시간 동안 무슨 일이 있었던 걸까. 혹시 나의 잘못을 입증할 만한 뭔가를 찾은 걸까.

실수한 게 있나 다이어리를 뒤적이며 타임라인을 작성했다. 손끝이 차가워진 채 바들바들 떨렸다. 화를 냈다는 잠깐의 희열에서 벗어나 뒷목에서 식은땀이 흘렀다.

며칠 뒤, 기획사에서 전화가 왔다. 내가 말한 대로 협의하기로 했고 나는 견적서를 작성해 보냈다. 회사는 그걸 바탕으로 계약서를 보내겠다고 답했다. 로고는 한 매체를 제외하곤 쓰이지 않았다. 한 달이 넘어 작업비가 입금되었다. 계약서는 작성되지 않았다.

그림만 잘 그리면 될 줄 알았다. 단순한 게 아니었다. 나는 나를 홍보하기 위해 마케팅 팀이 되었다가, 작업비를 협의하며 회계 팀이 되었고, 계약서를 검토하며 법무 팀이 되기도 했다. 그림만 그려서는 이리저리 휘둘린 채 최소한의 비용도 받지 못하는 바보가 될 터였다.

친구들은 하나둘 취업을 했다. 회사에서 업무 공부를 한 뒤 시험을 보기도 했고, 복사를 잘못해 이면지만 200장을 만들기도 했다. 제출해야 하는 파일을 집에 두고 월차를 낸 탓에 핸드폰에 불이 나기도 했다. 친구들의 실수담을 들으며 웃다가도 그들이 부러웠다. 친구들은 실수를 해서 혼이 나더라도 사수가 무마해 줄 수 있을 것이다. 회사 내에서 보살펴 줄 것이고, 큰일이 아닌 이상 잘리지도 않을 것이다.

내게 전화를 했던 팀장도 말하지 않았나. 내 담당자가 실수를 했고, 자신은 그를 지키고 싶다고.

불안을 가장 싫어하는 내가 불안할 수밖에 없는 일을 하고 있다. 그걸 견뎌 낼 만큼 좋아해서겠지 생각했다. 이번 일을 겪으면서 달라졌다. 내가 이 일을 언제까지 할 수 있을지 모르겠다.

—

## 백 가지 다
## 잘하지 않아도 괜찮아

**의사 선생님**  좀 어땠나요, 힘들어 했잖아요. 괜찮았어요?

**나**  병원에 왔던 일주일은 힘들었고, 일주일은 괜찮았어요.

**의사 선생님**  힘들었다는 건 어떤 거죠? 우울했다는 건가요?

**나**  우울했던 것도 있고요. 음, 지난달부터 내내 그랬는데
요. 제가 죽는 상상을 했어요.

**의사 선생님**  죽는 상상이 어떤 건가요?

**나**  자살하는 상상이요. 높은 곳에서 뛰어내리고 차도에 뛰
어드는 생각을 끊임없이 했어요. 병원에 왔던 그주까지
계속이요.

**의사 선생님**  약을 먹고는 좀 나아지던가요?

| 나 | 네, 거의 사라졌어요. |
|---|---|
| 의사 선생님 | 그런 생각이 들 때 어땠어요? |
| 나 | 무서웠어요, 정말 그렇게 될까 봐요. |

출간은 없던 일이 되었고 외주 작업을 하던 곳에서는 대대적인 수정 요구가 왔다. 앨범 아트는 트러블과 함께 엎어졌다. 나는 침잠했다. 무엇을 위해서 살고 있는 걸까. 왜 힘들어도 꾸역꾸역 버티는 걸까. 답을 찾지 못했다. 껍데기만 있고 알맹이는 없는 사람 같았다.

나는 의식하지 못한 채 죽음을 상상했다.

'여기서 떨어지면 죽는 건가.'

높은 지대의 길을 걸을 때, 철망 건너에 낭떠러지가 보여 생각했다.

'날씨가 좋다. 죽기에 딱 좋은 날씨야.'

날이 좋으니 죽기에도 좋은 게 아닐까 싶었다.

'차에 치이면 죽겠지? 그건 좀 아플 것 같은데.'

초록불을 기다리다가도 생각했다. 타의가 아닌 자의. 숨 쉬듯 죽는 상상을 했다. 이상한 일이었다. 나는 삶에 대한 애착이 강했고, 늘 오래 살고 싶다고 말했다. 그러면서도 그 상상을 멈출 수 없었다.

| 의사 선생님 | 예안 씨는 강박 사고가 있어요. 그런 생각이 들 때면 누르려고 애썼겠죠. 그런데 눌러지던가요? |
|---|---|

| 나 | 아니요. |
|---|---|
| 의사 선생님 | 그런 생각은 누르려고 할수록 강해져요. 자율 신경계의 문제로 공황이 올라올 때처럼 그것도 우리가 제어할 수 없어요. 그래서 약을 먹는 거고요. |
| 나 | 전 이게 아픈 건지 아닌지 구분되지 않았어요. 요즘 힘들어서 그런가 보다 생각했어요. 그런데 약을 먹고 나아진 걸 보니까 아픈 거였나 봐요. |
| 의사 선생님 | 네. 힘들다고 해서 그런 생각을 하지는 않아요. 제가 말했죠? 모든 사람에게는 자신의 어릴 적 자아가 있다고. 아마 힘든 일이 많아서 그 자아로 도망갔을 거예요. 열 살의 예안 씨에게로 회피하고 싶어서요. 지금의 예안 씨는 그때보다 강해요, 이겨 낼 수 있어요. 그리고 예안 씨, 모든 일을 완벽하게 하려고 하지 않아도 돼요. |
| 나 | 어… 그건 음, 저는 완벽하고 싶은걸요. |
| 의사 선생님 | 그게 본인을 힘들게 하잖아요. 일이 잘 안 풀리고 문제가 생기면 어때요? 다시 해 보면 되는 거죠. 백이면 백, 모두 잘해야 할 필요가 있을까요? |

대답하기 싫었다. 백 가지를 다 잘하고 싶었다. 백 가지를 다 해내야 한다고 생각해야 그런 사람이 될 것 같았다. 조금 느리거나 실수해도

괜찮다 생각한다면, 매번 느리고 실수투성이인 내가 될 것 같았다. 그래서 답하기 싫었다. 내 대답을 듣고 말겠다는 듯 선생님은 기다렸다. 침묵이 이어졌고 나는 마지못해 답했다.

나          아니요.
의사 선생님   다 잘하지 않아도 돼요, 완벽하지 않아도 돼요. 일이 틀어져도 예안 씨 탓이 아니에요. 다시 천천히 하면 돼요.

이번에 일을 하면서 느낀 건, 조금 더 꼼꼼하지 못했던 나였다. 업계 일이 바쁘니 일을 하던 중에 계약서를 작성하거나 하지 않기도 했다. 메일을 주고받는 게 번거로우니 전화로 일을 하는 것도 별생각 하지 않았다. 계약서를 써야 했고, 그게 안 된다면 일의 내용을 명시한 메일이나 문자를 받아야 했다.

잘하지 못하면 일이 취소된다. 완벽하지 못하면 기업과 개인으로 일할 때 내 취약점이 드러난다. 기회도 물거품이 된다. 그런데도 잘하지 않아도 괜찮다고 생각해야 할까.

경력이든 금전적이든 뭐든 여유가 있어야 그런 생각을 할 수 있는 게 아닐까. 일, 경력, 기회가 눈앞에서 날아가는 허망함을 느끼고 싶지 않았다.

'완벽'과 '잘'에 대한 강박이 있었다. 다른 사람과 달리 나는 그래야만 할 것 같았다. 다른 게 아니라 틀린 거라는 생각이 들었다. 일이 취소될 때마다 내가 힘들었던 건, 내 정신력이 약하거나 지쳐서가 아니었다. 스스로에게 한 톨의 결점도 허락하지 않는, 무결점의 사람이 되고 싶었던 탓이었다. 그래서 흠이 생길 때마다 구겨지고 아팠던 거다.

당장에 달라질 수는 없다. 몸에 벤 생각이어서 바뀌려면 오랜 시간이 걸릴 것이다.

그래도 노력해 보려고 한다. 더 이상 나를 다치게 하기는 싫다. 중심을 잘 잡아서 어설픈 나도 받아들일 것이다. 더 이상 열 살의 나로 도망가지는 않을 것이다.

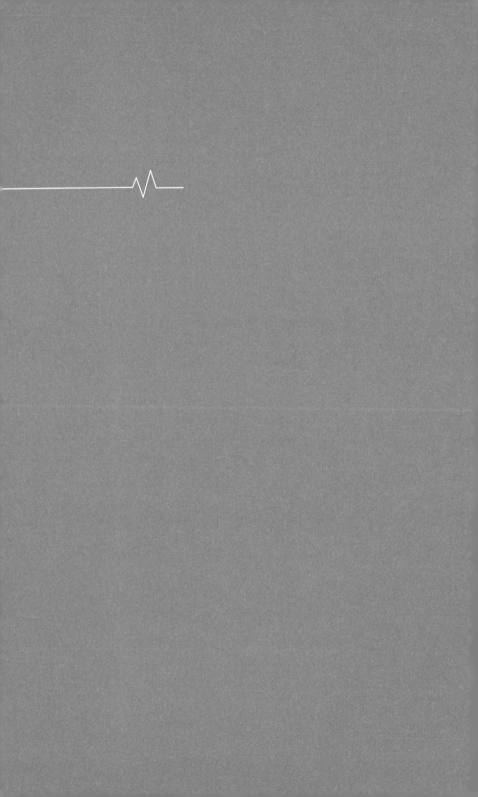

# 7부

# 숨을 고르고
# 예민한 나를 받아들이다

—

## 나는 이제
## 나를 풀어 주려고 한다

"그림 그리는 일을 하게 된 계기가 뭐야?"

친구의 과제를 도와주기로 했다. 관심 있는 분야에서 활동 중인 선배를 만나 인터뷰를 해야 한다고 했다. 나도 이제야 걸음마를 뗐는데, 도움이 될까 싶었다. 그러다가 대학생 때 이 분야에 대한 정보가 없어 답답했던 게 생각났다.

"좋아하는 일이니까. 취미로 끝내고 싶지 않았어."

흔히 좋아하는 일을 업으로 삼으면 안 된다는 말을 한다. 직업이 된다는 건 어찌 됐든 경제 사정과 맞닿을 수밖에 없고, 곧 스트레스가 된다. 그래도 취미로 남길 순 없었다. 좋음의 크기가 커서 모든 걸 쏟아

붓고 싶었다.

졸업을 하고 이 일을 시작하기로 마음먹었을 때 나는 간절했다. 당시 다이어리에는 '어떻게 살아야 하지'와 '평생 그림만 그리면서 살고 싶다'라고 쓴 글이 가득했다.

'1년만 해 보자' 하고 생각한 게 시작이었다. 한 해 동안 포트폴리오를 만들고, 홍보를 하고, 무엇이든 해 보면 뭐라도 되지 않을까 생각했다. 운 좋게도 괜찮은 한 해를 보냈고, 또다시 '1년만 더 해 보자'라는 목표를 갖게 되었다. 이 일을 하는 동안 매해 같은 다짐을 할 것 같다.

누군가 이 일을 하고 싶다고 하면, 나는 선뜻 권할 수가 없다. 모든 게 불안정하다. 언제까지 이 일을 할 수 있을지 알 수 없다. 고정적인 수입이 없고, 내 뒤를 봐 줄 회사도 없다. 모든 걸 혼자 책임져야 한다. 그래서 늘 미래에 대해 고민하고 걱정한다. 일을 시작한 지 얼마 되지 않아서 그럴지도 모르지만, 그만큼 처음부터 막막하다는 말이다.

"일러스트레이터로 활동하면서 기억에 가장 남는 일은 뭐야?"

기억에 남는 건 대부분 좋은 일보다는 어렵고 힘든 일이었다. 이 인터뷰가 후배들에게 도움이 될 수 있고, 친구의 과제이기도 하니 좋은 이야기를 꺼내고 싶었다. 그래서 처음 일이 들어왔던 때를 얘기했다.

"4학년 때, 출판사에서 메일이 왔어. 책 삽화 의뢰였거든. 근데 내가 아는 작가님의 신간인 거야. 재수생 때 읽고 위로받았던 책의 작가님이었어. 신기하고 벅차서 메일이 잘못 온 건 아닐까 몇 번을 읽었어."

지금 와서 생각해 보면 별일 아니지만, 재수생 때는 죄수가 된 것 같았다. 나는 외투를 여미고 다녔는데, 밖은 벚꽃이 흐드러진 봄이었다. 못난 마음에 벚꽃 같은 거 피지도 말고 죄다 말라 버렸으면 좋겠다고 생각했다.

어른들은 내 힘듦이 아무것도 아닌 거라고 말했다. 살아 보니 그 정도는 힘든 게 아니라고 했다. 답답함에 뭐라고 말하고 싶었지만 무슨 말을 해야 할지 몰라 입을 다물었다.

그때, 서점에서 책을 봤다. 강세형 작가님의 《나는 아직 어른이 되려면 멀었다》였다. 책 속에는 이런 이야기가 나왔다.


"세상은 참 살기 힘든 거죠?"

열일곱 소녀가 어른에게 물었다.

"열일곱 나이로 그런 말 말아라."

어른이 대답했다.

"열일곱도 세상은 살기 힘들어요."

소녀가 말했다.

그리고 이어지는 독백.

'나는 지금 열일곱의 세상밖엔 볼 수 없으니까.'

작가님은 말을 남겼다.

'내가 참 좋아하는 만화의 한 장면이다. 남들 보기엔 별거 아닌 고민일지라도 내가 볼 수 있는 세상은 어쨌든 내 눈에 보이는 내 세상뿐. 그러니 내 세상에선 내가 가장 힘들다는 걸, 그게 당연하다는 걸, 그 만화가 이해해 주는 것만 같았다.'

내 마음보다 더 내 마음 같았다. 내 답답함이 이거였구나 생각했다. 내 세상에서 내가 가장 힘든 게 당연하다는 말은, 지금도 이따금씩 떠올리고는 한다.

"어릴 때 읽은 책의 작가님이랑 커서 같이 작업하게 된 거야? 의미 있다. 그럼 마지막으로 질문할게. 앞으로 어떤 사람이 되고 싶어? 직업으로든, 그냥 한 사람으로서든."

어려웠다. 예전 같으면 사회적으로 인정받는 사람이라고 당당히 외쳤겠지만, 이제는 아니었다.

"글쎄, 너는 어떤데?"

"나는 누군가의 꿈이 되는 사람. 다른 누군가가 나를 보면서 꿈을 키웠으면 좋겠어."

멋진 말이었다.

나는 오직 내 꿈과 미래만 생각했다. 다른 사람은 내게 없었다.

나는 그동안 사회의 시선에 맞춰 나를 몰아세웠고, 부족한 나를 미워하고 원망했다. 나를 지치게 했다.

기쁜 것과 힘든 것 모두를 억눌렀다. 나는 곪아갔다.

밥을 먹다가, 길을 걷다가도 울컥 눈물이 나왔다. 나는 그런 내게 왜 이까짓 걸로 힘들어 하냐며 비난했다.

더 이상 그러고 싶지 않았다. 내 세상에서는 내가 가장 힘드니까, 다른 사람의 세상과 내 세상을 비교해 힘듦을 저울질하고 싶지 않아졌다. 마음껏 기뻐하고 마음껏 힘들어하고 싶어졌다.


"너 그거 봤어? 〈한 끼 줍쇼〉에 이효리 나온 편이 있는데, 거기서 이경규가 꼬마 애한테 훌륭한 사람이 되라고 말하거든. 그걸 들은 이효리가 이렇게 말해. '뭘 훌륭한 사람이 돼? 그냥 아무나 돼!' 그 말처럼 굳이 뭐 거창한 게 되지 않을래. 나는 뭐가 되기 위한 과정이 아프고 힘들었던 것 같아. 그냥 아무나 될래."

아무나 되라는 말이, 정말 아무거나 되라는 말은 아니었을 거다. 사회에서 바라는 틀에 갇힌 사람이 아닌, 그 무엇이 되어도 괜찮다는 말로 들렸다. 나는 이제 그 틀에서 나를 풀어 주려고 한다.

—

## 필요할 때마다
## 옆에 있어 준 사람

"예안이 너는 아빠랑 친하게 잘 지내는 것 같아, 부러워."

현이가 내게 말했다. 잠시 벙쪘다. 아빠와 내 사이를 생각해 보면 그리 많은 게 떠오르지 않았다. 어딘가 어색하고 먼 느낌이었다.

상담에 다닐 때도, 병원에서 초진을 받을 때도 선생님들은 내게 가족 관계에 대해 물었다. 엄마는 어떤 사람이냐, 관계가 어떠냐는 질문에 바로 대답했다.

"엄마는 외유내강의 표본이에요. 유해 보이는데 단단해요. 외동인 제게 엄마는 친구가 되어 줬어요."

아빠는 어떠냐는 질문에는 선뜻 답하지 못했다.

"아빠요? 음, 글쎄요. 제 또래의 친구들은 다 그럴 거예요. 아빠는 회사 일로 늘 바빴으니까 엄마에 비해 같이 있는 시간이 적었어요. 그래서 같이 있을 때면 좀 어색해요. 무슨 얘기를 해야 할지 모르겠어요."

아빠는 일주일마다 주간 근무와 야간 근무가 바뀐다. 내가 어렸을 때는 주 6일에 특근까지 했으니 아빠를 볼 일이 많지 않았다. 집에 있을 때도 주무시기만 했으니, 닫힌 방문만 봤다.

앞집 이웃은 아빠 없이 엄마와 나, 둘만 사는 줄 알았다고 했다. 그만큼 아빠가 집에 있는 시간이 많지 않았다. 나도 크면서부터는 학교와 학원에만 있었으니, 서로 마주치고 오래 있을 시간은 더욱 없었다.

재수를 하면서 집에 있는 시간이 많아졌다. 아빠가 야간 근무를 할 때면 낮 동안 함께 집에 있어야 했다. 마주 앉아 아침을 먹었다. 불편한 정적이 찾아왔다. 나는 재수라는 패배감에 아무 말도 하기 싫었고, 아빠는 애써 말을 붙였다. 대부분 "그림은 잘돼 가니?", "생각하는 대학은 있니?" 같은 말이라 나는 아빠의 말을 신경질적으로 뚝뚝 끊었다.

최근 병원에 갔을 때 선생님은 신경 쓰이는 일이 있냐고 물었다. 안정됐던 내가 흔들려서였다. 작년 이맘때 아빠가 쓰러졌던 게 생각났는지, 선생님은 내게 아빠의 건강에 대해 물었다.

"아빠는 건강하세요. 그런데 신경 쓰이는 게 있어요. 아빠네 회사가 지방으로 이전하거든요. 아빠도 지방에 내려가게 되었어요."

선생님은 나를 이해하지 못했다. 주말마다 집에 올 거고, 아빠가 한 두 살 먹은 아이도 아닌데 뭘 걱정하냐는 거였다. 아빠가 걱정되는 건 맞지만, 뭔가가 더 있었다.

가방을 두둑이 챙긴 아빠가 현관을 나섰다. 나는 걱정이 아닌 다른 감정을 알게 되었다. 허전함과 불안이었다. 야간 근무를 할 때면, 집에 엄마와 둘이 있었으니 아빠가 없는 집은 익숙했다. 그럼에도 불안했다.

새벽, 엄마는 위가 쓰리다고 했다. 얼굴이 파리했다. 나는 옷과 지갑을 챙겨 택시를 불렀다. 택시는 응급실에서 조금 떨어진 곳에 정차했다. 짧은 거리지만 우리는 걸어야 했다. 응급실에 들어갔다. 나는 엄마의 보호자이므로 함께 들어갔다.

의사 선생님이 이리저리 검사를 하더니 링거를 달았다. 다정하지 못한 나는 말없이 간의 의자에 앉아 시계 초침만 바라봤다. 엄마는 미간을 구긴 채 잠에 들었다. 새벽 두 시가 되고 있었다. 아빠에게 연락을 해야 할까 핸드폰을 만지작거렸다. 걱정되는 마음에, 아빠는 손에 아무것도 잡히지 않을 것이다. 갈 곳 잃은 손가락을 내려놓았다.

링거액이 다 떨어진 뒤에 다시 택시를 불렀다. 택시는 응급실이 아닌 병원 정문에 있었고, 우리는 다시 걸었다. '아빠가 있었으면' 하고 생각했다. 아픈 엄마가 배를 움켜쥐고 걷지 않아도 될 것이다. 멀뚱한 나 대신 엄마를 살뜰히 보살폈을 것이다.

돌이켜 보면 아빠는 엄마와 내가 아플 때마다 곁에 있었다.

내가 등굣길에 넘어져서 무릎이 찢어져 구급차에 실려 갔을 때, 병원에 달려온 건 아빠였다. 위장이 움직이지 않아 허옇게 질린 나를 응급실에 데려간 것도, 내시경을 하고 비몽사몽간의 나를 깨운 것도 아빠였다. 장염에 걸렸을 때도, 사랑니를 뽑고 입 안이 부어 다물어지지 않았을 때도, 코피가 멈추지 않았을 때도 아빠가 나를 데리고 병원에 갔다.

공황장애 치료를 시작한 지 얼마 되지 않았을 때 발작이 왔다. 겁에 질린 나는 아침에 일어나자마자 병원에 갈 채비를 했다. 택시를 타려고 했다. 그때 야간 근무를 마친 아빠가 집 앞으로 나오라며 전화를 했다, 나는 당황했다.

정신과에 다니는 걸 아빠에게 말하지 않았다. 편견을 가지고 있을 거라는 막연한 생각에서였다. 아빠는 정신과 앞에 나를 내려 줬다. 엄마가 말한 것이었다. 아빠가 말했다.

"아빠가 쓰러졌던 이후로 그러는 거지? 아빠가 미안해."

나는 아픈 지 이미 오래 되었다고, 아빠 탓이 아니라고 말했다. 미리 말하지 못해 미안했다. 눈물이 날 것 같았다.


고등학생 때, 수시와 정시 실기 시험을 보러 다닐 때마다 아빠는 연차를 내고 나를 데려다줬다. 재수하면서 1년을 더 그랬다. 나는 조수석에 앉아 예민해진 상태로 눈을 감았다. 차에서 내리는 내게 아빠는 힘내라는 말을 했지만, 나는 '어' 하고 문을 닫았다. 부산에 있는 대학의 실기 대회에 가고 싶다고 얘기했을 때도 아빠는 알았다고 했다.

대학생이 되어서도 달라진 건 없었다. 주말에 본가에 내려온 나를 아빠는 차로 자취방에 데려다줬다. 본가에서 자취방까지 대중교통을 이용하면 두 시간 반이 걸리지만, 자동차로는 50분이면 갈 수 있다는 이유였다. 나는 왔던 길을 홀로 되돌아갈 아빠를 한 번도 생각하지 못했다.

내가 필요할 때마다 옆에 있어 주는 게 아빠의 표현 방식이었다.

아빠는 지방에 내려갔다. 본가에서 차로 두 시간 반쯤 걸린다. 교통이 열악해 대중교통으로는 다섯 시간이 걸린다. 엄마는 회사 통근 버스를 타고 아빠에게 놀러 가자고 했다. 아빠도 엄마와 내가 한 번쯤 놀러 왔으면 하는 마음이 있어 보였다.

싫다고 했다. 나도 아빠 옆에 있어 주고 싶지만, 버스를 타는 건 아직 무섭다. 나는 글을 쓰면서 아빠의 마음을 알아 주지 못해 미안했고, 옆에 있어 주지 못해 또 미안했다.

—

## 내게 티가 있어도
## 나는 괜찮다

"예안 씨가 읽었으면 하는 페이지를 표시했어요."

도서관에서 함께 글을 쓰는 별이 언니가 책을 건넸다. 내 생각이 나서 읽어 봤으면 하고 가져왔단다.

책 제목은 《모든 요일의 기록》, 끌리지 않았다.

남에게 무심한 나는, 타인의 기록에는 관심이 없었다. 귀찮으면서도 내 생각이 났다는 말에 표시해 놓은 페이지를 펼쳤다. 65쪽부터 68쪽까지였다.

해당 꼭지의 제목은 '그냥 그렇게 태어나는 것', 언니는 내게 무슨 말을 하고 싶은 걸까.

피아노 선생님의 딸인 그녀는 자신을 검은 건반이라고 칭한다. 마음 깊은 곳이 늘 까맣다고 했다. 그녀는 늘 어딘가 우울했고, 남들과 어울리지 못하는 자신이 불협화음 같다고 말했다. 쉽게 지치는 날이 많았고, 어두운 책에 안도감이 들었단다. 밝은 세상은 그녀와 어울리지 않아서였다.

그녀가 홈페이지에 스스로를 흑건이라고 칭하는 글을 썼을 때, 그걸 본 그녀의 엄마가 '검은 건반으로만 치는 쇼팽의 〈흑건〉은 화려하고 멋진 곡이야'라고 문자를 보냈다. 그녀는 '나는 내가 검은 건반이라 좋아'라고 답장했다. 그녀는 어쩔 수 없는 일이라고 말했다. 엄마의 잘못이 아니라고. 그냥 그렇게 태어났고, 받아들일 수밖에 없다고 했다.

작년 초 겨울이 생각났다. 아마도 2월, 나는 에세이에 들어갈 삽화 작업을 하고 있었다. 클라이언트는 원고를 건네며 밝고 부드러운 이미지로 그려 달라고 했다. 이상했다, 내게는 그 원고가 밝지 않았다. 태평양 한가운데의 검푸른 바다였다, 어둡고 깊었다. 나는 엄마에게 가서 원고의 일부를 보여 줬다.

"이 부분 좀 읽어 봐. 나는 되게 울적하고 아프게 느껴지거든. 그런데 클라이언트는 아니래. 부드럽고 밝은 색이 떠오른대. 엄마는 어때?"

엄마는 나와 같다고 했다. 무겁게 가라앉은 느낌이라고 했다. 그리고 말했다.

"같은 걸 보더라도 사람마다 다른 거야. 그 사람은 티가 없는 사람인가 보네."

그 말을 들은 내가 물었다.

"그럼 나는? 나도 티가 없지 않나?"

뜨끔해서 한 말이었다. 내게 공황장애가 있는 걸 알고 있었지만, 엄마에게 말하지 않았던 때였다. 그게 티가 났다 싶었다.

속을 들킨 것 같기도 했다. 매일 밤, 시간을 역행해 내 모든 트라우마를 찾아 헤매던 때였다.

"너도 있겠지, 그러니까 같은 걸 보고도 씁쓸해하는 거지."

씁쓸한 건 엄마의 말이었다. 나는 괜한 너스레를 떨었다.

"에이, 나 정도면 티 없이 자란 거 아니야?"

"너는 없을지 몰라도 나는 아니잖아. 아마 그 영향을 받았겠지."

서글펐다. 엄마의 티가 내게 번졌을 거라고 생각하는 걸까, 혹시 자책하는 걸까. 나는 서둘러 말을 돌렸다.

"그럼 아빠는 어때? 내 생각에는 아빠도 티가 나는 걸?"

내가 말을 돌렸다.

"네 아빠는 티가 많지, 그걸 티 내기도 하고."

엄마가 웃으며 말했다.

방에 들어가 다시 원고를 읽었다. 내겐 여전히 검푸른 색이었다. 엄마와의 대화가 머릿속에서 가라앉고 있었다.

두 해가 지난 지금, 나는 엄마에게 해 주고 싶은 말이 있다. 내게 티가 있어서 좋다고 말이다. 나는 티가 있기 때문에 나만의 그림을 그리고, 글을 쓸 수 있었다. 받아들이기까지 힘들고 어려웠지만, 책에서 나온 말처럼 어쩔 수 없는 일이었다.

나는 그냥 이렇게 태어났을 뿐인걸. 만약 내게 티가 없었다면 예쁘고 잘 그린 그림만 그렸을 거다. 글은 쓰지도 못했을 거다. 그러니 내겐 티가 있다는 게 다행이었다.

별이 언니는 나와 같은 공황장애가 있었다. 앓았고, 나아졌다. 그래서 나를 볼 때면 어릴 적 자신을 보는 것 같아 마음이 쓰인다고 했다. 같이 버스를 탔을 때도, 나를 차에 태워 줬을 때도, 카페에서 커피를 마실 때도 언니는 나를 살폈다. 괜찮냐고 무리하지 말라고 말했다.

내 글을 보고 공감해 준 사람도 언니였다. 그래서 이 책을 읽어 봤으면 했나 보다. 많은 말보다 세 페이지의 책으로 내게 위로를 해 준 언니에게 얘기하고 싶다.

"언니, 저는 제가 검은색이어도, 티가 있어도 이제 괜찮아요."

—

## 그때 그 모습
## 그대로의 우리


'나는 힘들게 살고 있는데 너만 발 뻗고 집에서 쉬어?'

찾을 물건이 있어 상자를 뒤적이다 발견한 편지의 내용이었다. 이름이 없어진 채, 138번 훈련병이라고 쓰인 봉투. 미술 학원 친구인 도에게서 온 편지였다.

'나 늦게 입대해서 걱정했잖아. 나 혼자만 핵 늙었더라. 근데 너 왜 나한테 편지 안 써? 어쩜 이래? 나 울어?'

칭얼거리는 말투가 음성 지원되듯 들렸다. 킥킥거리며 편지를 읽는데 핸드폰이 울렸다. 도의 전화였다.

"야, 뭐야? 나 지금 네가 군대에서 보낸 편지 읽고 있었는데!"

"뭐? 아, 그것보다 나 졸업 패션쇼 다음 주야! 권이랑 같이 와야 해!"

한 달 전부터 도는 졸업 패션쇼에 오라고 노래를 불렀다. 도는 패션 디자인을 전공해서, 졸업할 때 논문이 아닌 직접 만든 옷으로 졸업 패션쇼를 한다. 나는 작품 전시회를 했고, 권이는 무대 미술을 전공해 졸업 공연을 했다.

"너 아주, 이럴 때만 연락하지?"

"야, 다들 바쁜데 이럴 때 아니면 언제 보냐!"

셋이 함께 만난 지 햇수로 3년이 넘었다. 그 사이 권이와 나는 복학과 졸업을 했고, 도는 전역한 뒤 졸업반으로 복학했다. 만나려면 만날 수 있었지만 쉽지 않았다. 이전과 달리 서로의 시간과 주거 위치, 심적 여유 등 고려해야 할 게 많았다.

우리는 미술 학원에서 만났다. 권이와 나는 같은 학교에 다녔고, 도는 옆 학교에 다녔다. 권이를 처음 봤을 때 들었던 생각은 '와, 눈 되게 예쁘다'였다. 쌍꺼풀이 짙었고, 눈동자는 초롱초롱하니 빛이 났다.

그런 권이가 다음 날 두툼한 뱅글이 안경을 쓰고 왔다. 예쁜 눈이 반 넘게 줄어들었다. 권이의 안경은 코가 무너질 듯 무거웠고, 만취한 듯 세상이 울렁거렸다.

도는 학교가 달랐고 친해질 일이 없었다. 까탈스러워 보이는 성격과 떽떽이는 말투를 보며 안 맞겠다고 생각했다. 털털하고 호탕한 권이의 눈에도 비슷해 보였을 거다.

셋이 친해질 일은 없다고 생각했지만, 아침부터 밤까지 학원에 있으면서 가까워졌다. 자리가 바뀌어 옆에 앉기도 했고, 함께 도시락을 까먹기도 했다. 그 과정에서 권이의 털털함이 세심함으로 바뀌기도 했고, 도의 드센 성격이 부드러워지기도 했다. 나는 둘에게 위로를 받을 때가 많았다.

건물 로비에 들어서자 멀리서부터 핀 조명을 킨 듯 도가 한눈에 들어왔다. 까랑까랑한 목소리와 총총거리는 발걸음으로 복도를 누비고 다니니, 눈에 띌 수밖에 없었다. 권이와 나는 도가 부끄럽다며 중얼거렸다. 로비는 도의 지인들로 가득했다.

"야, 너 우리만 부른 거 아니었어?"

권이가 도를 벽에 밀치며 말했다.

"권아! 우리 고등학생 아니야! 여기서 이러지 마! 애들 다 보잖아!"

도가 칭얼거렸다. 고등학생 때랑 똑같은 모습에 어처구니가 없어 웃음이 나왔다. 그러다 둘의 모습이 창피해 일행이 아닌 척했다.

쇼가 시작하고 도의 옷을 입은 모델들이 걸어 나왔다. 본인의 옷이 오프닝에 선다며 입이 닳도록 말했던 그였다. 도의 옷은 그의 그림체와 닮아 있었다. 도는 화이트로 묘사하는 걸 좋아했다. 어두운 걸 표현하지 못해 그림이 얇다는 평을 받기도 했지만, 그만큼 밝고 예뻤다.

옷도 비슷했다. 부드러운 폴리 원단이 여러 번 겹친 게, 꼭 흰색 물 감과 여러 색을 섞어 쌓아 올린 것 같았다. 수전증이 있는 도가 어떻게 재봉질을 했을까. 손을 떨며 바느질을 할 도의 모습을 그려 봤다. 그러 다 교복을 입고 떡볶이를 먹던 도가 생각났다. 덜덜 떨리는 손 때문에 떡볶이 국물이 뚝뚝 떨어졌었다.

권이와 나는 도의 옷만 보고 조용히 쇼를 빠져나왔다. 오랜만에 만 나는 거라 얘기를 더 나누고 싶었다. 무대 디자인을 전공한 권이는 전 시형 공연을 기획해 일하고 있다고 했다.

도와 권이는 나와 달리 고등학생 때부터 하고 싶은 게 확실했다. 패 션과 무대 디자인. 권이가 공연 사진을 보여 주며 작품을 설명했다. 매 일 이어지는 공연 탓에 핼쑥해진 얼굴에서 눈빛만은 빛났다. 권이의 예쁜 눈이었다.

쇼가 끝난 도가 우리에게 왔다. 셋이 함께 만난 건 오랜만이었다. 각 자 일이 있었고, 나름의 바쁜 시간을 보내서였다. 그래서 졸업 패션쇼 에 오라는 도의 연락을 받았을 때, 바로 알았다고 대답한 것이다. 쇼는 중요하지 않았다. 권이와 도를 보고 싶었다. 권이도 그렇다고 했다.

"야, 나 달라진 거 없어? 예뻐지지 않았어? 이제 좀 어른 같지?"

권이가 머리를 뒤로 넘기며 말했다. 도와 나는 망설임 없이 답했다.

"아니야, 너 진짜 똑같아. 교복만 입으면 될걸?"

뾰루퉁해진 권이가 말했다.

"너희도 똑같거든?"

입고 있는 옷만 달라졌을 뿐 스타일과 말투와 버릇, 서로를 대하는 것까지 변함없었다.

아, 각자의 일을 얘기할 때는 낯설었다. 나는 "저 옷을, 도 네가 만들었다고?", "권이가 공연을 기획했다고?" 하고 놀랐고, 둘은 "예안이가 작가님이라니" 하고 어색해했다. 대견하다가도 이상했다. 그들에 대한 내 생각이 예전 그대로 머물러 있었다.


우리가 미술 학원에 다니던 때에 보조강사 선생님들 나이가 스물다섯이었다. 스물일곱이 된 우리는 그때를 생각했다. 선생님들이 어른인 줄 알았는데, 지금의 우리보다 어린 나이였다.

"우리 여전히 애 같잖아, 달라진 것도 없고. 그런데 그때 선생님들은 왜 그렇게 어른 같았을까?"

한참 그때 얘기를 했다. 자주 만났다면 나이가 들고 어른스러워지는 걸 봤을 테지만 우리는 아니었다. 그래서 지금이 아닌 옛날, 우리가 알고 있는 얘기가 편했다. 그럴수록 그때로 돌아간 것 같았다. 여전히 티격태격하고, 그림과 대학 얘기를 하는 우리들로.

도와 헤어져 권이와 함께 집에 가는 지하철을 탔다. 권이는 자신이 변한 게 없냐고 다시 물었다. 그대로였다. 말투와 행동뿐 아니라, 검은 색 긴 머리까지 여전했다. 대학 탐방을 가겠다며 홍대 여기저기를 쑤시고 다녔던 때와 똑같았다.

권이는 달라지지 않은 자신이 못마땅한 듯 보였지만, 나는 그 꾸준하고 여전한 게 좋았다. 문득 생각나 뒤돌아봐도 그 자리에 있을 것 같았다. 나는 권이와 도가 변함없이 그 모습이었으면 좋겠다.

—

## 나를 받아들이는 법을
## 알 것 같다

인터뷰 요청이 들어왔다. 우리 주변에 있는 아티스트를 소개하는 포스트 채널이라고 했다. 질문지를 받았다. 불안과 그림에 대한 내용이었다. 에디터는 그림 작업을 올리는 포트폴리오가 아니라, 불안에 대해 글을 쓴 브런치로 나를 알게 되었다고 했다.

서울의 한 카페에서 에디터를 만났다. 그녀는 자신도 공황장애가 있다고 했다. 그래서 내 글을 읽으며 자신의 이야기 같아 위로가 되었다고 했다. 우리는 집에서 오는 길이 힘들지 않았는지 물으며, 처음 만났음에도 깊은 공감을 나눴다.

다음은 네이버 포스트 '미쓰미'에서 발췌한 내용이다.

| 에디터 | 그림의 주제는 어떻게 정하세요? |
|---|---|
| 나 | 주제를 정하고 그린 적은 없어요. 좋아하는 영화를 그리기도 했고, 맘이 편한 곳, 인상적인 곳, 나의 상황 이런 걸 그렸어요. 돌아 보니 일관성이 있더라고요. 뚜렷한 주제는 없지만 나라는 주체가 그렸기 때문인가 봐요. |
| 에디터 | 작가님 그림에 나온 사람들을 보면 공통적으로 표정이 없어요. 그리지 않는 이유가 있나요? |
| 나 | 미팅에서 클라이언트가 이런 말을 한 적이 있어요. "작가님의 그림이 왜 이런 분위기인지 만나 보니 알겠어요, 닮았어요." 순간 멈칫했어요. 사람들이 제 그림을 보고 차분하다, 헛헛하다, 쓸쓸하다, 우울하다고 얘기했거든요. 그럼 저는 그림 속 인물들에게 어떤 표정을 그려 줘야 할까요? 슬픔이어야 할까, 우울이어야 할까, 반대로 괜찮다고 웃어야 할까. 표정을 넣지 않은 이유는 그림 속 인물에 제가 투영되어서예요. 저를 드러내고 싶지만 다 보여 주고 싶지는 않거든요. |
| 에디터 | 작가님이 브런치에 올린 글 중에 불안과 우울에 관한 이야기가 눈에 띄어요. 결코 가볍지 않은 작가님의 이야기로 어떤 메시지를 전달하고 싶은지 궁금해요. |
| 나 | 공황장애를 치료 중이에요. 혼자 감당하기 힘들었어요. |

말하고 싶은데 저를 이해해 줄 사람이 없어서요. 신체적인 병이 아니라 드러나지도 않고 상처도 없잖아요. 그래서 말하지 못하고 곪아 갔어요. 가장 힘들었을 때부터 그 상황과 감정을 글로 썼어요. 힘듦은 얘기할 때, 모르는 사람들에게 털어놓는 게 더 쉽더라고요. 그래서 일면식 없는 사람들이 보는 공간에 글을 썼어요. 무거움을 써 내려갈수록 저는 가벼워졌어요. 해소가 된 거죠. 사람들이 이런 키워드를 검색해 제 글을 보러 왔어요. '정신과, 공황장애, 우울증, 자살, 무서워요, 심장이 뛰어요.' 옛날의 저를 보는 것 같았어요. 그들이 제 이야기를 보고 혼자라고 느끼지 않았으면 좋겠어요. 도움이 되었으면 해요.

에디터      심적이나 정신적으로 지친 상황에서 그림 작업이 도움이 많이 됐을까요?

나      우울증을 앓고 있는 창작자를 보면서 생각했어요. '와, 우울을 예술로 승화하다니 정말 멋지다. 그림으로 위로받고, 표현도 하고, 상부상조였겠구나.' 막상 저한테 그 상황이 닥치니까 아무것도 할 수 없었어요. 연필 잡을 힘도 없었거든요. 외주 작업이 들어 오면 일을 해야 하는데 책상 앞에 앉기 힘들었어요. 다시 생각했죠. '내가 그 사람들을 쉽게 봤구나. 힘든 상황을 마주하기 위해 얼마나 노력했을까.' 그래도 그 시간이 지나 우울하고 불안한 깃도 '나'로 받아들이면서 괜찮아졌어요. 무엇을 표현하든 자연스레 내가 드러난다는 것도 알게 되었어요. 그림이 좀 우울해도 '괜찮아, 이것도 나야' 하고 생각했죠. 그림이 마음을 도와 준 것보다는 마음이 그림에 이야기를 담을 수 있게 해 줬어요.

에디터     작가님이 생각하는 좋은 그림이란 무엇인가요?

나     에디터님이 공황을 앓고 있어서 제 그림을 좋게 봐 주신 것 같아요. 좋은 그림은 각 개인의 사정에 따라 달라진다고 생각해요. 많은 사람이 인상파 그림을 좋아하잖아요. 저는 전시회에 가서 그 그림을 봐도 별 감흥이 없었어요. 그러다 한 그림을 보고 울었어요. 라울 뒤피가 항구를 그린 그림이에요. 인상파 그림처럼 두텁거나 깊이가 있진 않아요. 경쾌하고 즐겁죠. 당시의 저는 그림 그리는 일을 업으로 삼고 싶었고, 마음이 불안한 시기였거든요. 그런데 뒤피의 터치를 보면서 덩달아 즐거워지는 거예요. '나도 이런 그림을 그리고 싶다'고 생각했어요. 그래서 저한테는 뒤피의 그림이 좋은 그림이에요. 화가가 얼마나 유명하고 사조가 어떻다든지보다 개인이 갖고 있는 사정에 따라 뭔가를 느꼈다면 그게 좋은 그림이 아닐까 싶어요.

에디터 　작가로써 혹은 예안이라는 한 사람으로서의 고민이 있다면 어떤 것일까요?

나 　작가로 2년 차밖에 되지 않아서 어려운 게 많아요. 그림만 그리면 되는 줄 알았는데 아니었거든요. 이 일을 계속하려면 나를 어떻게 발전시켜야 할까 고민이에요. 저라는 사람으로도 비슷해요. '어떻게 살아야 할까.' 몇 년째 똑같은 고민이지만 앞으로도 달라질 것 같진 않아요. 저는 이 고민이 유독 심했거든요. 지인 중에 밝고 긍정적인 사람이 있는데, 왜 꼭 잘 살아야 하냐고 그냥 있는 그대로 살면 어떠냐고 되묻더라고요. 아차 싶었어요. 받아들이는 법을 더 배워야 할 것 같아요.

에디터 　2019년 올 한 해가 작가님께 어떤 시간이었는지, 곧 다가올 새해의 목표가 있다면 무엇인지 말해 주세요.

나 　올해 목표가 '올 한 해도 그림으로 밥 먹고 살아 보자'와 '건강하자'였어요. 작년 목표도 같았고요. 아직 어설프고 모르는 게 많아서 힘들었지만, 그림으로 일도 했고 건강도 나아졌으니 목표를 이뤘네요. 내년에도 같아요. 다만, 내년에는 더 건강했으면, 올해 했던 일을 토대로 익숙한 게 더 많았으면 좋겠어요.

에디터 　작가님처럼 나의 이웃일지도 모르는 우리 주변의 아티 스트들이 많이 있을 텐데요. 그 아티스트를 위한, 아티스 트가 될 분들을 위한 메시지를 남겨 주신다면 어떨까요?

나 　이 일을 한다는 게 불안하잖아요. 당장 내일 일이 없는 것도 불안하고 한 달 뒤, 1년 뒤에도 이 일을 하고 있을 지 감이 안 잡혀요. 전시회에서 만난 한 작가님께 "저는 이 일이 너무 불안해요, 작가님은 어떠세요?" 하고 물어 봤는데, 경력 10년 차인 작가님도 똑같대요. 여전히 불 안하지만 그 생활에 익숙해진 것 같다고 하셨어요. 예 술 계통에서 일하려면 버티는 사람이 이기는 거라고 하 잖아요. 좋아서 하는 일이니까, 불안한 것들을 부정하 지 말고 잘 받아들이고 다독이다가 익숙해졌으면 좋겠 어요. 저도 그 과정에 놓여 있는 것 같아요. 서로서로 그 감정들을 이야기하고 나눌 수 있으면 좋겠어요.

인터뷰가 끝나니 두 시간이 흘러 있었다. 에디터는 마지막 질문에 답한 내게 말했다. 이미 불안이나 우울, 그것들을 받아들이고 있는 것 같다고. 나는 잠깐 고민하다가 고개를 끄덕였다. 그리고 답했다. "아직 멀었지만 이제는 '나'를 받아들이는 법을 알 것도 같아요."

―

## 약을
## 끊어 보기로 했다

의사 선생님께 자주 혼났다. 선생님은 일주일에 맥주 500cc만 마실 걸 당부했는데, 술을 좋아하는 나는 말을 듣지 않았다. 아플 때는 한 잔도 마시지 않았다. 괜찮아지는 걸 느끼며 양을 늘린 거다, 이 정도면 괜찮겠지 하고. 그러다 과음하면 다음 날 병원을 찾았다. 선생님은 내원일이 아닌데 방문한 내게 놀라 물었다.

"왜 왔어요? 오늘 오는 날 아니잖아요."

나는 웃으며 술을 마셔서 힘들다고 답했고 선생님은 이마를 짚었다.

"제가 술 마시지 말라고 했죠. 예전으로 돌아가고 싶은 거예요?"

술을 많이 마시면 다음 날 공황 증세가 나타난다. 심장이 하루 종일 크게 뛰고, 중간중간 박자를 놓친다. 몸이 경직되어 삐죽삐죽 날이 선다. 알코올이 분해되어 나가면서 교감 신경이 항진되어 그런 거라고 했다. 선생님은 한숨을 쉬며 비상약을 처방해 줬고 술과 커피, 녹차, 초콜릿 금지령을 내렸다.

술을 줄였지만 끊지는 않았다. 곤두선 신경이 술을 마시면 나른해지는 게 좋았다. 가끔 양 조절에 실패해 다음 날 힘들어져도 약을 먹지 않았다. 내가 의사가 된 듯 스스로를 분석하며 불안을 참을 수 있어서였다.

'이건 술을 마셔서 그런 거야. 알코올이 빠져나가는 중이라는 거지. 그 과정에서 내 자율 신경계가 일을 하는 거야' 하고 생각한 거다. 불안이 올라와도 참을 수 있었다.


일러스트레이션 페어에 참가 신청을 했다. 코엑스에서 열리는 페어는 매일 아침 사람들이 줄지어 입장할 만큼 많은 관객이 몰린다. 병원에서 비상약을 처방받았다. 좁고 밀폐된 곳에 사람들이 가득할 걸 생각하면 가슴이 답답했다. 페어 신청을 왜 했을까 후회도 했다.

대학 졸업을 앞두던 때에도 페어에 참가했었다. 버겁고 힘들었다. 아는 게 없어서 충무로 인쇄소와 동대문, 회현, 방산시장을 찾아다녔다. 자취방에서 혼자 포장을 했고, 크고 무거운 액자를 운반하기도 했다. 싸우듯 준비했다. 페어를 철수하곤 한참을 울었다. 허탈함에 몸에서 바람이 빠진 듯 가라앉았다.

이번에는 달랐다. 헛헛해질 거라는 생각과 달리 기뻤고, 가벼웠다. 그간 페어에 대한 정보가 쌓였으니 이리저리 뛰며 고생할 필요가 없었다. 무엇보다 사람들에게서 많은 힘을 얻었다.

박이와 권이, 김이가 부스 운영을 도와줬고 윤이가 근처 부스에서 나와 같은 참가자로 있었다. 도, 숙이 언니, 별이 언니, 현이가 놀러 왔고, 미술 학원 선생님과 동생들, 내가 가르치던 학생들, 알고 지내던 작가님들과 클라이언트가 찾아왔다.

내 곁에 생각보다 많은 사람이 있다는 걸 알았다. 힘들어질 것 없이 겁낼 일도 없었다. 약은 한 번도 먹지 않았다.


내원일이 한참 지났는데도 병원에 가지 않았다, 귀찮았다. 걱정했던 페어가 무탈하게 끝났다는 게 한몫했을 거다. 그렇게 차일피일 내원을 미루다 병원에 갔다. 늦어질수록 선생님께 혼날 것 같아서였다. 그리고 뜻밖의 말을 들었다.

"그동안 약을 최소로 줄였었어요. 적은 용량의 항불안제 반 알만 처방했었거든요. 그마저도 한 달 동안 먹지 않는데 괜찮았다는 걸 보면 단약해도 되겠어요."

나는 재차 확인했다.

"정말요? 제가 약을 안 먹어도 될까요? 벌써요? 그러다가 다시 아프면 어떡해요?"

선생님은 힘들면 비상약을 먹고, 더 힘들면 다시 찾아오라고 말했다. 완치라는 말은 하지 않았다.

치료를 시작한 지 1년 반, 약을 끊기로 했다. 다 나았다는 생각은 하지 않는다. 공황이 심해지는 여름이면 불안이 올라올 수 있고, 해가 짧은 가을과 겨울이면 우울해질 수도 있다. 그래도 이전처럼 힘겨울 거라 생각하진 않는다.

그동안 겪고 배우면서 견디고 받아들일 수 있는 힘이 생겼다.

주변 사람들에게 말하고 기대는 법도 알게 되었다.

다시 아프더라도 곧 털어 낼 수 있을 것이다.

—

## 나는
## 그런 내가 좋아졌다

약을 끊은 지 석 달이 되었다. 비상약은 항시 갖고 다니
지만 꺼내 본 적은 없다. 영화와 전시회를 보러 다니고, 사람들도 자주
만났다. 고속버스는 타지 않아 잘 모르겠지만, 탈 수 있을 것 같다. 하
지만 타지는 않으려고 한다. 아직은 두려움이 앞선다.

프리랜서로 일한 지 3년 차가 되었다. 치료 효과가 좋았던 건 직업
적 특성 때문인 것 같다. 사람이 많은 출근길도 없고, 일하는 시간과
쉬는 시간이 정해져 있지도 않다. 힘들면 이불에 파묻혀 누워 있다가,
햇빛을 보러 나갔다.

밖에 나가야 할 때도 사람이 없는 시간만 골라 다녔으니, 상대적으

로 외부의 자극에 노출되는 일이 적었다. 그래서 치료가 잘 이뤄진 게 아닐까 싶다.

내가 다니는 병원에는 1년에 세 번씩 약을 처방받으러 오는 사람이 있다. 치료가 끝난 지 3년은 더 되었지만, 비상약을 가지고 있다는 것만으로 더욱 안심이 되는 것이다.

한 번 견딜 수 있는 일을 두 번 더 참을 힘이 생긴다고 했다. 그래서 매번 처방을 받는다고 했다. 공황은 완전히 없어지는 게 아니라 평생 함께해야 하는 존재인지도 모르겠다.

팔목에 타투를 새겼다. 연꽃. 공황이 심해지는 여름, 숨이 막혀 절에 찾아갔다. 평일 낮에도 사람이 많았다. 뭐가 그리 힘든지 사람들은 빌고 또 빌었다. 그들을 따라 방석을 꺼내 앉았다. 소원이나 기도보다는 내 스스로에게 하는 다짐을 되뇌었다.

제 스스로에 대한 믿음을 갖게 해 주세요.
믿음으로부터 확신을 갖게 해 주세요.
확신이 자신감으로 변하게 해 주세요.
자존감을 형성하게 해 주세요.
강하고 단단한 자아를 갖게 해 주세요.
세계에 담담할 수 있는 마음을 갖게 해 주세요.

절에서 연꽃을 봤다. 봉긋한 연등과 달리 활짝 피어 있었다. 연꽃은 가장 더울 때 핀다고 했다. 연못에서, 진흙에서. 마음을 빼앗길 수밖에 없었다. 그래서 연꽃을 새겼다. 여름이 오더라도, 내가 숨이 막혀 힘들 지라도, 그곳이 진흙일지라도 꽃을 피워 낼 수 있을 것 같았다.

약을 끊었다는 내 말에 엄마와 친구들이 축하한다고 말했다. 엄마에 게 전해 들은 아빠는 내게 고맙다고 했다. 낯간지러워 그런 말 좀 하지 말라고 핀잔을 줬다.

다시 글을 썼다. 만약 이 글이 책으로 나와 사람들이 보게 된다면 어 떨까. 이전의 내 원고를 봤던 사람들은 아프고 힘들어 읽기 싫다고도 했고, 나만 그런 게 아니라는 위안을 받았다고도 했다.

주변 사람들이 보면 어떨. 나는 혹 사람들이, 엄마 아빠가 죄책감 을 가질까 걱정된다. 누구의 탓도 아니니 그러지 않았으면 좋겠다.

그런 사람도 있고 그런 때도 있는 거다.

내가 검은색일 때도 회색일 때도 흰색일 때도 있는 거다.

도리어 그 과정을 겪으며 단단해졌다.

나는 그런 내가 좋아졌다.

# 예민한 나에게
# 공황이 찾아왔습니다

ⓒ 정예안 2021

**인쇄일** 2021년 3월 18일
**발행일** 2021년 3월 25일

**지은이** 정예안
**펴낸이** 유경민 노종한
**기획마케팅 1팀** 우현권 **2팀** 정세림 금슬기 최지원 현나래
**기획편집 1팀** 이현정 임지연 **2팀** 김형욱 박익비 **라이프팀** 박지혜
**책임편집** 김형욱
**디자인** 남다희 홍진기
**펴낸곳** 유노북스
**등록번호** 제2015-000010호
**주소** 서울시 마포구 월드컵로20길 5, 4층
**전화** 02-323-7763 **팩스** 02-323-7764 **이메일** uknowbooks@naver.com

**ISBN** 979-11-90826-47-1 (03810)